谢谢你和我在一起

يكفي أننا معا

〔埃及〕伊扎特·卡姆哈维 著
马和斌 马凤俊 郭杰 译

五洲传播出版社

图书在版编目（CIP）数据

谢谢你和我在一起 /（埃及）伊扎特·卡姆哈维著；马和斌，
马凤俊，郭杰译. -- 北京：五洲传播出版社,2024.5
ISBN 978-7-5085-5155-5

Ⅰ.①谢… Ⅱ.①伊… ②马… ③马… ④郭… Ⅲ.①长篇小说—埃及—现代 Ⅳ.① I411.45

中国国家版本馆 CIP 数据核字 (2024) 第 010386 号

出 版 人：关　宏
责任编辑：杨　雪
助理编辑：周晓彤
审　　校：马和斌
装帧设计：红方众文　张　芳

谢谢你和我在一起

作　者：［埃及］伊扎特·卡姆哈维
译　者：马和斌　马凤俊　郭　杰
出版发行：五洲传播出版社
地　址：北京市海淀区北三环中路 31 号生产力大楼 B 座 6 层
邮　编：100088
网　址：www.cicc.org.cn，www.thatsbooks.com
电　话：010-82005927，010-82007837
印　刷：北京市房山腾龙印刷厂
开　本：880mm×1230mm　1/32
印　张：6.25
字　数：150 千字
印　次：2024 年 5 月第 1 版第 1 次印刷
书　号：ISBN 978-7-5085-5155-5
定　价：48.00 元

目 录

中译本序 ······ I
一 ······ 001
二 ······ 010
三 ······ 015
四 ······ 023
五 ······ 029
六 ······ 035
七 ······ 040
八 ······ 046
九 ······ 052
十 ······ 058
十一 ······ 066

十二	073
十三	079
十四	084
十五	090
十六	097
十七	102
十八	107
十九	113
二十	122
二十一	129
二十二	135
二十三	144
二十四	152
二十五	158
二十六	165
二十七	173
二十八	181
译后记	187

中译本序

我的至爱有三：母亲、写作和旅行。

旅行赐予我们新生，那里处处有爱，那里奇事连连。然而，短短数日或数周的异域生活，并非我们的常态。要去境外旅行，就要有护照和签证，就要有鼓鼓的行囊和足够的旅费。当然，还要做好旅行攻略，为了简单交流，还需粗通当地语言。但是，经由书籍的旅行，却完全不需要这些复杂的流程，因为书籍就像一位体态轻盈的女士，当她要过河时，会有人争着抢着背她过河。

马和斌教授联系我说，他已经翻译了我的小说《谢谢你和我在一起》，这让我欣喜异常。他发现了小说的美，这使他饱含热情地背着她蹚过语言的河流，让她盛装出现在中文读者面前。我不懂中文，面对魔幻般的中文，我崇拜至极。

拜访中国是我的梦想，在马和斌教授的努力下，我的小说先我一步抵达中国。事实上，在我的小说中，这是被译成中文的第二部，第一部是 2017 年由牛之牧教授翻译并由五洲传播出版社出版的《迪布宅门》。

因此，我已有两部中文小说了！由于中阿两种语言的巨大差异，我只能惊奇地看着我并不懂的文字印刷的我所写的故事。这两部小说就像是远离父亲怀抱并已忘却母语的一对女儿，但她们依然是我的女儿，我依然爱她们。

由于不懂中文，我无法阅读自己的中文小说，但这并不妨碍我阅读诸多来自中国的著作——大量译者背着中文书籍蹚过语言的河流，将其传递给阿拉伯语读者。在译成阿拉伯文的中文著作中，我读过关于智慧的、历史的，当然还有文学的珍贵作品。在译者这一知识苦行僧的帮助下，我愈加深信中华文化的伟大，我有两部小说在这一伟大的文化中传播，这让我无比幸福。

我要在这里透露一个秘密：在我阅读中国作家的著作之前，把我带到这个古老国度的是一位意大利人，他就是冒险家兼旅行家马可·波罗。我很早就读过他在游记中描写的关于中国的神奇景象，但里面的奇幻成分远大于真实成分，这是西方冒险家们在描述东方时的一贯作风。

今天，我站在意大利读者和中国读者之间，让他们通过《谢谢你和我在一起》去了解意大利。因为小说的情节，一半发生在我的祖国埃及，另一半则发生在意大利，更具体地说，发生在意大利首都罗马、南部城市那不勒斯和卡普里岛。

小说的主人公是一对埃及恋人，正处花样年华的海迪彻精通建筑史和艺术史，她想拯救她与律师杰玛勒·曼苏尔之间的恋情，后者比她大三十岁。为了拯救他们的恋情，他们决定去意大利最后一搏。海迪彻认为，若是连意大利也无法拯救的恋情，是无论如何也无法延续的。

海迪彻认为意大利具有复活爱情的神奇魔力，我对她的这种看法深以为然，或许正是我让这位多愁善感的妙龄女子心生这种幻觉。我透过意大利美轮美奂的建筑、雕塑、绘画、美食及多样的风情，感受到了巨大的感官刺激。当然，我也不会忘记意大利人的激情和活力，不会忘记他们对于表达的热情。他们总是饶有兴致地讲述有趣的故事，我们应该洗耳恭听，这绝非因为故事真实可信，而是由于那些故事美不胜收。当我们阅读《马可·波罗游记》时，也是出于同样的心情。

我经常去意大利，也曾在其各大城市里悠闲地生活过。通常，每到一地，我都会深度了解当地风俗。当然，我的重点并非去到尽可能多的景点，而是要前往那些值得深度了解的地方。我带着小说的两位主人公海迪彻和杰玛勒·曼苏尔，游历了我知之甚详的各个地点。之后，我便隐居罗马，专心书写他俩的故事。

情人眼中，所到之处皆别具特色，即便这对恋人对意大利的了解要多于我，我仍然很喜欢这个地方。恍惚间，书中与现实世界的意大利交汇融合，我都不知道自己身处于哪个意大利，也不知道所书写的又是哪个意大利。同时，我也忘记了自己是谁，忘记了自己在笔下的爱情故事中扮演着何种角色。

在写作期间，我住在一个大楼的小房间里——一个隐秘而优美的藏身之所。从大楼正门往外看，房间位于地下一层，要通过光线暗淡的楼梯才能到达。在这里，我感觉不到邻居的存在，也感受不到街道的喧嚣。但从大楼后面看，前面地势很低，有一座漂亮的圆形花园，四周被几栋大楼环绕，通过我住的房间里大大的玻璃窗，可以俯瞰花园。我能看到的只有一个园丁不时打理花园，还有很多鸟儿在树枝上飞来飞去，但我听不到任何声音，好像沉浸在一个无声的梦里。

大楼坐落于一个鲜花市场和一个食品市场的中间地带，两个市场距离很近。我一般很早就起来写作，一直到中午，然后穿梭于两个市场之间，以此作为休息。玫瑰花垂下头时，我就将其换掉。同时，我每天都要买各类食材做新鲜的午餐。我非常喜欢吃鱼，在这次旅居期间，我尝过了许多不认识的鱼，也尝过了我在埃及时就认识，但在意大利却另有其名的各种鱼。在我沉浸在爱情故事与写作的过程中，我享受了许多深受喜爱的海洋气候下盛产的水果。午餐后，我小憩片刻，然后在电脑上继续写作，享受着海迪彻和杰玛勒·曼苏尔这对恋人的陪伴。小说创作完成后，我感觉像是离开了两个有血有肉的朋友。

我张开双手，通过书中的故事握住中国读者的手，希望他们能在小说中享受两段有趣的旅程。希望他们尽情享受与两位恋人相伴的时光，但不要对他们进行评判，也不要企图从他们的经历中获取经验。他人的故事对我们自己没有任何帮助，爱情需要经历才能理解。

伊扎特·卡姆哈维
于开罗

一

　　杰玛勒·曼苏尔是一名埃及律师，擅长处理民事诉讼案件。与其他专业律师有些不同的是，他专门替埃及的女性同胞打官司。

　　某天晚上七点多，杰玛勒·曼苏尔像往常一样来到他的办公室。一眼望去，律师事务所的接待大厅挤满了人。那些人坐在接待大厅里，等着面见律师并呈交委托书，希望能在律师的帮助下让自己挽回一些损失，或者捡回险些失去的颜面。他信步走进办公室，坐在办公桌前，习惯性地用右手端起秘书早已准备好的上等咖啡，美滋滋地品了一口，让满口醇香停留在口腔中的时间尽可能地长一些。他悠闲地拿起放在桌子上的一本法学专著，随意翻阅了几页，慢条斯理地享受着工作开始之前专属于个人的美好时光，似乎并不为那些在接待大厅苦苦等待递交诉状或委托书的人们着急。

　　与杰玛勒·曼苏尔的悠闲状态形成鲜明对比的是那些坐在接待大厅的妇女们，她们叽叽喳喳、七嘴八舌地诉说着生活的不幸和婚姻的悲惨。出于职业习惯，杰玛勒·曼苏尔早已习惯了委托人肆无忌惮地谈论自己的过往岁月，而且熟知那些妇女们是如何绘声绘色地讲述自己的不幸生活的。她们想让听者感受到她们提出的离婚理由是充分的，她们的切身遭遇是非常严重的。但是，那些讲述者的言辞恰恰反映出她们提出的离婚理由与事实严重不符，能够达到的结果，只有让她们收回与丈夫离婚这一意愿。不管怎样，杰玛勒·曼苏尔的内心还是希望她们回归原有的家庭生活。因为那些拿着委托书上门求自己帮助她们摆脱生活困境的妇女们，是他日常生活开销的不竭源泉，没有她们哭哭啼啼的诉说以及苦苦的哀求，他自己的生活肯定不会那么光鲜。说句实话，他的工作实际上就是帮助往来于律师事务所的妇女们回归正常的婚姻生活，感受夫妻之间的恩爱和体贴，不离不弃，白头偕老。

晚上九点，接待大厅清静了许多，大部分顾客都回家了，仅有几位誓死想要离婚的人仍然滞留在那里不肯离开。一个女人和已故丈夫的兄弟们在分配遗产时产生了矛盾，请求律师帮助她挽回损失，杰玛勒·曼苏尔接待了她，并同意为她的这桩官司做司法辩护。杰玛勒·曼苏尔静静地听她诉说她的生活故事，不忍心打断她滔滔不绝的陈述，也没有为她亡夫的兄弟们做任何辩解。直到最后，他才询问她的诉讼意见和愿望。她顺手从手提袋里拿出一份早就准备好的遗产清单，上面密密麻麻地写了好几页。这时，杰玛勒·曼苏尔做了一个"暂停"的手势，示意那位女委托人不要再说话。沉默片刻之后，他大声地对她说：

"我现在给你讲讲这个问题，你要听清楚，要听明白喽。首先你必须要知道，一只手绝不可能同时抓住两个大西瓜——独占两份好处。"

杰玛勒·曼苏尔拟定了一份自认为比较有把握的诉讼书。他对女委托人说:"首先,我们可以做一份休夫诉讼书,在此基础上才能主张索要孩子的抚养费。另外,还有一个可行的做法,那就是以已故丈夫合法配偶的名义向相关部门提出申请,索要已经备案登记的财产,使之成为合法的继承财产。至于其他人所占遗产份额的核算,是需要很长一段时间才能彻底完成的。关于这一点,你要做好心理准备,你可能不会拿到预期想要得到的全部遗产。"

接待完这个忧心忡忡的女委托人之后,杰玛勒·曼苏尔让秘书把第二天开庭的诉讼名单念给他听。秘书照着名单逐一念出委托人的名字,杰玛勒·曼苏尔听到某个委托人的名字时,对秘书说:"等会儿,等会儿,你把这个人的财产报告给我,我要先询问这个案件的证人,看看能不能找到一些有利于胜诉的证词,其他委托人的材料先放放再说。"随后,秘书把相关诉讼案件的全部档案材料发给杰玛勒·曼苏尔,离开了办公室。杰玛勒·曼苏尔逐字逐句地审阅着这起案件的所有材料,全神贯注地盯着电脑显示器,准备亲自写一份有足够把握的诉讼书。

其实,杰玛勒·曼苏尔已经多年没有亲自动笔撰写诉讼书了。好在他的电脑里存有各种民事诉讼书的模板,可以从中选择使用。像婚恋纠纷、婚内出轨;家庭暴力、谋财害命;非法同居、未婚生育;扶养家眷及各种民事纠纷,等等,都在他的诉讼业务范畴之内。因此,上述委托人的遗产继承诉讼案件素材自然不在话下,不费吹灰之力便可轻松搞定。

杰玛勒·曼苏尔坐在办公桌前，从电脑文件夹里提取了一份和这次案件类似的诉讼书。他轻车熟路地把原案卷宗里的人名换成了今天那位委托人的姓名，又根据委托人的要求，把其中的内容和细节做了相应改动，一份独一无二的诉讼书便大功告成。此时此刻，杰玛勒·曼苏尔对是否能够赢取这场诉讼并未抱有足够的把握，内心没有一丝轻松感。他深知法庭辩护词对赢得这场官司极为重要。为了生计，他不想也不愿意对这个案件掉以轻心，只想尽最大可能为自己的委托人争取到更多的利益。他相信，要赢得这场官司，必须在辩护过程中给那位高高在上的法官提出无法辩驳的理由，特别是要使用自己"两个西瓜"的名言，让他无言以对。

杰玛勒·曼苏尔确信，自己应该在辩护开始之际，用洪亮的声音向法庭陈述："一个人绝不可能用一只手同时抓住两个大西瓜。法官阁下，我的委托人认为她和她丈夫那样的男人生活在一起，是天下最不可能的事情。……"他将利用自己的智慧，诉说这一案件中的每一个焦点问题，在严密的逻辑推理中说出自己的辩护理由，滴水不漏，环环相扣，使得在场的每一个人似乎都被他的说辞凝聚在某个点上。陈述完毕后，他深深地呼出一口气，享受着法庭上无人能够反驳的成就感。随后，他又继续说道："诸位都知道，一个绅士是不会侵占妻子的生活费的，即便这位绅士不假思索地和他心爱的另一位女士喜结连理！"

为了达到最佳辩护效果，杰玛勒·曼苏尔有时会以讲故事的方式开始他的辩护。这时候，他会把自己彻底置于故事之中，似乎他不是案件的辩护人，而是亲历者一样。他会首先从两人相识的那一刻说起，先谈俊男靓女之间美好的爱情，然后再谈到幸福的婚姻，谈到两人婚后的和睦相处与相敬如宾。一段时间后，两人的生活激情因岁月的侵蚀而逐渐褪去美好的色彩，丈夫开始有意无意地逃避家庭生活，不仅在外拈花惹草，甚至还把野花的味道带回了自己的家里。每当这种诉说趋于高潮的时候，他就会戛然而止，目的就是让身处法庭的每一个人都在凝结的空气里谴责那位负心汉。然后，他会面向法官大声说道："难道一个人可以用一只手同时抓住两个大西瓜吗？！"他表情凝重，深吸一口气，继续说道："法官阁下，我的委托人的丈夫，多年来一直用一只手抓着两个大西瓜，或者说是脚踏两只船，他甚至还梦想着要踏上第三只船、第四只船。更令人气愤的是，这位丈夫居然把原配的名字与情妇的名字混为一谈，分不清彼此。"之后，杰玛勒·曼苏尔把他的委托人所遭受的精神打击、心理创伤以及物质生活被剥夺的痛苦全盘讲述给法庭上的所有人。他说，正是在这种悲惨的境遇中，他的委托人才提出了离婚的诉求。他高声恳求说："各位法律顾问，如果你们允许我结束这次辩护，那么，我会以我的职业道德和法律的良知呼吁各位，要以法律的尊严拯救这位已经遭受多重折磨的委托人。我还想补充一点，这个案件的医疗报告在我手里，我随后会把它提交给法庭书记员，以便各位法官大人查阅。"

有时，他会把"两个西瓜"的说辞放到最后的时刻，把它当作辩护利器。陈述完涉及案件的全部内容以后，杰玛勒·曼苏尔会根据委托人的意愿向法庭提出相关诉求，随后他会补充说："我需要法院尽快给我的委托人垫付目前生活所需的费用，以解燃眉之急，在这之后再依法公正地判定其他要求。当然，这个案件确实有点复杂，但一只手不可以同时抓住两个大西瓜。"

有一次，杰玛勒·曼苏尔的一位女委托人缓步进入法庭。她体态丰满，所以前行的步子不能迈得太大。坐在法官位置上的是一位刚刚晋升的年轻人，无论是言辞还是动作，给人的感觉都缺少在主席台上必要的老练，比起法官应有的沉着与冷静，他似乎还差那么一点点。年轻的法官笑着朝杰玛勒·曼苏尔说："律师先生，我完全同意你的看法，如果西瓜有这么大的块头，一个都很难抱得动，更不要说两个了。"那位法官一边说笑，一边用双眼的余光扫视着步履蹒跚的女委托人。

与同年龄段的律师相比，杰玛勒·曼苏尔是传统专业律师在社会转型期留存下来为数不多的幸运者的代表。他饱读法学典籍，熟知历史哲学、语言文学、修辞学等不同学科的知识。他深知语言是有欺骗性的，而法律法规又必须依靠语言才能发挥其作用，所以在他看来，法律条文的言辞亦有文字游戏的特质。他认为，法官不能完全代表法律，对于案件涉及的实际问题，法官不一定能做到尽知尽晓，他能做到的，仅仅是依据相关法律法规做出相应的判断。与案件有关的所有问题，都可以去考验律师的业务水平和工作能力。一般情况下，律师应该知道如何向法庭讲述委托人的故事，以赢得案件的最终胜利。要做好这一点，律师就必须具备得心应手地在诉讼书中重构案件相关事实的业务能力。

自开始做诉讼辩护以来，杰玛勒·曼苏尔发现很多人会为了一些虚假臆想的事情而进行各种欺骗，为此，他变得焦躁不安，但又不得不想尽一切办法去实现委托人臆想的完美结果。这种状况似乎已经成为一种难以改变的"规律"。民事诉讼案件中的委托人，为了达到自己预先设定的目的，往往牢牢抓住律师不松手，把律师当作实现自己愿望的救命稻草。从事诉讼辩护的杰玛勒·曼苏尔，也迷失在民事诉讼案件委托人亲手设计的"西瓜"局中不能自拔。但他能充分发挥自己的专业特长，在法庭上滔滔不绝、振振有词地分析与案情有关的各种问题，为帮助委托人赢得官司而绞尽脑汁。这样做，无非就是想让自己的辩护词征服法庭上的所有人，以实现委托人和律师双方都获得"西瓜"的愿望。

如今，杰玛勒·曼苏尔已经想不起来"一只手不能同时抓住两个西瓜"这句话是突发奇想的灵感，还是一句历久弥新的谚语，但这句话确实一直伴随着他走到现在。有一天，他以貌似能预测案件结果的先知者身份出现在委托人面前，让双方都得到了各自想要的"西瓜"，不过，杰玛勒·曼苏尔却谦虚地认为，他的使命仅仅是传达这句话而已。事实上，凭借着这句话，他和他的委托人在民事诉讼中从来没有败诉过。或许，杰玛勒·曼苏尔并非第一个因这句话获益的人，但他的所有委托人都凭借这句话赢得了官司。当然，杰玛勒·曼苏尔不只为他的委托人赢得了官司，他还可以从委托人那里得到一笔不菲的报酬。那些酬劳能让他过上足够好的生活，让他像有钱人一样生活得有滋有味。

杰玛勒·曼苏尔有两个弟弟和一个妹妹。他的母亲在生下他之后的十七年里一直没能再生育。为此，母亲去看了很多医生，却没有得到令人信服的原因和解决方法。在母亲看来，她似乎已被下了"判决书"，命里恐怕只有一根独苗了。万般无奈的时候，唯一能让自己释怀的，就是不再去想这件事。没想到，在杰玛勒·曼苏尔成为翩翩少年的时候，他的母亲竟然又怀孕了，而且连续生了三个孩子——两个男孩和一个女孩。他的母亲似乎是在完成一项伟大的使命，在离世之前完成它，才能不留遗憾。

一天早上，杰玛勒·曼苏尔的母亲去世了，父亲也在母亲去世的同一天晚上离开了他和他的弟弟妹妹。杰玛勒·曼苏尔时常回忆他父母的爱情故事，不论那些故事真实与否，都给了他极大的鼓励。父母不在了，他便承担起了照顾弟弟妹妹的重任，就像父亲照料子女一样，丝毫不敢也不能马虎与懈怠。杰玛勒·曼苏尔刚刚参加工作的时候，工资勉强能够支付家庭生活的基本开销。可到了婚育年龄，因为家庭经济状况不佳，他打消了结婚的念头。他时常告诫自己，仅凭当下的一点儿工资，照顾弟弟妹妹的日常生活与迎娶一位美貌的妻子，这两件事是不可兼得的，也就是说，"一只手不能同时抓住两个大西瓜"。

他已年过半百，颇有姿色的女委托人时常喜欢用不同寻常的方式来支付酬劳。杰玛勒·曼苏尔不仅能得到在物质层面应得的酬劳，还能听到来自委托人发自肺腑的感谢，甚至还有人和他一起练习平衡"两个西瓜"的技能。他的委托人中有些人以特有的方式惩罚了背叛她们的丈夫之后，便撤销了离婚申请，这时，杰玛勒·曼苏尔便会感到无比欣慰，并祝愿她们早日回到原有的太平生活之中。

　　几年前，杰玛勒·曼苏尔意识到自己已经迈入中年大叔的行列。看到那些离异妇女的凄惨生活，他也会为她们床边空旷的空间而感到一丝悲凉。他打算干到六十五岁就退休，不再做律师了，但他不能确定自己是否还能活到这个岁数。于是，他制定了一份储蓄计划，对生活中的每一笔开销都进行详细的规划，这里面甚至包含了自己的葬礼可能需要花费的项目及其费用。

　　突然，他两眼一亮，办公室里的黑暗瞬间一扫而光。

二

最后一位委托人离开后，杰玛勒·曼苏尔告诉秘书可以下班了。秘书礼貌性地向他表示谢意。和往常一样，秘书下班前总要把办公室的废纸屑清理干净，确认厨房和卫生间的水龙头已经关闭，再关掉接待大厅里那几盏瓦数较大的灯，只留下另外几盏瓦数较小的灯，这样可以保持大厅里的一丝光亮。做完这些该做的事情之后，秘书便离开办公室回家去了。

夜里，寒风袭来，凉飕飕的风透过人体裸露的皮肤直击骨头。杰玛勒·曼苏尔关上了办公室的门，打开电热炉，悄悄送走室内的寒气。之后，他坐在办公桌前继续研读案件，翻阅每一份证词。一旦发现与案件有关的重要信息，他便用彩色笔做好标记，并在脑海里盘算如何利用这些信息为委托人进行有效辩护，甚至已经演绎出若干绝妙辩词。

突然，杰玛勒·曼苏尔听到了轻轻的敲门声。他走出办公室，发现接待大厅的尽头站着一位身材瘦小的女孩。

面对这位突然到访的姑娘，杰玛勒·曼苏尔并没有觉得奇怪。

他之前已经处理过无数起与孩子有关的案件，不是贪婪的叔叔侵吞孤儿的财产，就是愚蠢刁蛮的寡妇虐待子女。根据多年的阅历以及职业经验，他推断这位小姑娘的诉求应该不属于上述情况。杰玛勒·曼苏尔心里这样想着，嘴上并没有说什么，只是打开门让她进来，然后顺手打开了接待大厅的灯，带着她走进办公室。

那个女孩穿着一件质地不错的黑色呢绒大衣，脖子上围着一条绣着蝴蝶的橘色印度真丝围巾，身上飘着一股优雅的栀子花香水的味道，人还未进办公室，房间里就已经弥漫着她身上的香水味儿。

杰玛勒·曼苏尔走过办公桌，坐在了自己的座位上，请女孩也坐下。坐定之后，女孩解开了大衣的纽扣，露出了一件华丽的粉红色棉质连衣裙。她跷腿坐着，半天没有说话。杰玛勒·曼苏尔什么都没问。她身上的香水味儿深深地刺激着他的嗅觉，他不由得盯着她看了看。他看到她的长发垂到肩头，樱桃般的小嘴，坚挺又精致的小鼻子，黑珍珠般清澈的大眼睛。她脸上的每一个器官都恰到好处。

杰玛勒·曼苏尔心里暗想，这个姑娘还是个孩子。然而，她的容貌吸引着杰玛勒·曼苏尔，使得他的目光不禁在她的脸上多停留了一会儿。他试图从这个极具女人味又富有青春气息的姑娘身上捕捉到一些自己感兴趣的信息。直觉告诉杰玛勒·曼苏尔，这位神情略带忧伤的姑娘或许有一种不被人留意的纯朴美，仿佛一件仅有少数人才能看懂的高雅艺术品。不过，她异样的眼神却让杰玛勒·曼苏尔感到有些费解。他迅速地调整自己的表情，礼貌地对她说：

"有什么可以帮助你的吗？"

"我叫海迪彻·巴比，是一名博士生。"这位姑娘说道。

杰玛勒·曼苏尔惊讶地张着嘴，感到有些难以置信。

"真不像啊，你看起来也就十八九岁的样子。"

海迪彻的脸变得通红，她说：

"我已经二十七岁了。我的论文主要研究埃及百年间法院建筑式样与政治制度的关系。"

杰玛勒·曼苏尔仔细倾听着她对博士论文的描述。海迪彻详细地讲述了她选择论文主题的想法，这个题目源于对埃及政治制度的考量：埃及政治制度的取向、正义观，已经反映在了法院的建筑中，从建筑样式、内部设计到法庭设计、法庭内部结构，要件的陈设以及风格、颜色等等，都可以体现出司法公正的理念。

听到她对论文思路的陈述之后，杰玛勒·曼苏尔觉得坐在自己面前的小姑娘简直就是一个老成的大人。她思路缜密，逻辑性很强，这让他对她的好感油然而生。海迪彻滔滔不绝地谈着自己对于论文的设想，似乎没有停下来的意思，她的叙述让杰玛勒·曼苏尔惊讶的表情瞬间写在了遍布皱纹的老脸上。姑娘发现了，她小心翼翼地问道：

"您觉得法院的建筑与公正的思想之间有关联吗？"

杰玛勒·曼苏尔没有接她的话茬，这让海迪彻有些尴尬，又有点小沮丧，她说道：

"是不是我的论文题目没有意义，所以您不感兴趣？"

杰玛勒·曼苏尔抬起手,在空中做了一个否认的动作,然后大声对她说:"正好相反。"

杰玛勒·曼苏尔抬起眉头,目光看着远处,回答她说:

"是的,法院的建筑能够反映出当下社会的状况以及审判的一些情况。"

杰玛勒·曼苏尔注意到,她关注到了最近数年间出现的一些法院的新建筑,而且试图寻求类似建筑风格产生的原因,这说明她有非常敏锐的研究意识。当下一些法院的建筑和市民经常光顾的市场没有多大区别,不少民事诉讼案件的当事人真心不愿意到里面进行自己的陈述或辩护。法院的新建筑拓宽了内部空间,但相应元素及位置的设置不尽合理,控辩双方经常为了自己的利益乱作一团,法庭大门、档案室和办公室的界限模糊不清。至此,他的脑海里浮现出一个再简单不过的道理,那就是:生活需要秩序,世间的事情不是孤立存在的,更不会独自发生改变。想到这里,他继续对海迪彻说:

"恕我直言,法庭建筑原有的构造受到人为因素的影响而改变,同时,法院制度、执法理念以及律师的服饰和职业语言等等,也有很大的改变。不过,这些问题不在你的研究范围之内。但我认为,这些问题才是公正思想的坚实基础。"

"我想可以在论文的绪论中把您提到的问题添加进去。但是,我的论文的核心,是讲法院建筑和政治的关系。"海迪彻补充道。

她开始进一步详细阐明自己的写作思路。杰玛勒·曼苏尔仔细倾听她对不同法庭建筑式样的认知和见解。这家是真正意义上的法院风格，那家法院建筑具有抽象派的特点，某个法院的建筑没有明显的样式，某个法院建筑的柱子很高，其他部分却很矮，建筑整体不协调；有的法院建筑像古老的神庙一样，缺少司法的威严；还有的法庭设在狭窄的走廊上，法庭应有的严肃和神圣荡然无存。

海迪彻还和杰玛勒·曼苏尔谈起了法院建筑的材质，其中不乏朴素典雅的典型案例，还说到有的法院建筑的材质适合温暖多尘的气候，有些法院的建筑材料非常昂贵，也有的质量很差。她滔滔不绝地讲着自己知道的一切，想以此把杰玛勒·曼苏尔的注意力吸引到自己研究的主题上，进而给自己提出一点儿建议或鼓励。

杰玛勒·曼苏尔绝对想不到，这样一个年轻貌美的博士竟然会和自己谈论她的博士论文。他深知自己已经是年过半百的秃顶大叔，脸色黝黑，皮肤粗糙，是一个无法用一只手同时抓住两个大西瓜的人。

三

海迪彻闷闷不乐地回来了。

她给闺蜜苏珊打电话，说起了今天的遭遇。海迪彻抱怨道："他一点儿也不关心我，还把我的年龄搞错了。之前在法院，他也没有注意到我。更可气的是，我今天花了好几个小时精心打扮，可他都没正眼看一看。"几年前，海迪彻的闺蜜苏珊曾经疯狂地爱慕过一位大叔级别的律师，并心甘情愿地嫁给他当姨太太。听到海迪彻的絮叨后，她语重心长地告诫海迪彻："不要再重蹈我的覆辙了，亲爱的宝贝。"

苏珊给海迪彻讲过自己的罗曼史。苏珊第一次见到现在的丈夫时，一下就被他的帅气深深地吸引住了，随即深陷虚无的爱慕中无法自拔。她用标准的开罗腔调的英语一遍又一遍地念叨着："我好像喜欢上他了。"苏珊努力克制自己，冷静了一段时间之后，觉得最好暂时把自己的单相思封存起来，不要有如此滑稽可笑的念头。但是，她的情感却时不时地左右着自己的脚步，她一次又一次徘徊在法院门口，眼睛盯着法院的大门和接待室大厅，期盼她的那个他能注意到自己。有一天,苏珊看见一位法官走过来,旁边跟着很多人。法官目不斜视,径直走进审判大厅。她的那个他也在陪同的律师团队里。尽管他穿着略显过时的西装,但看起来仍然十分优雅,而且散发出令人陶醉的光环,气场爆棚。

有一次,苏珊悄悄地跟在他后面走进了律师休息室。那个休息室像巴比伦塔一样奇特,里面回荡着让人无法理解的嘈杂声音。可是,他走进去的时候,房间里瞬间安静了很多,就算是用鸦雀无声来形容,也一点儿都不过分。随后,在场的律师们一个接一个地向他问好、致意。不一会儿,律师休息室里又恢复了生机,但却没有之前那么喧闹了。

他穿着一件带有蓝色条纹的棕色亚麻长衫,衣服口袋里插着一支细长的蓝色书写笔,手上搭着一件黑色礼服。他的身材修长,看起来优雅又标致。不过,在他坐下来以后,苏珊发现,他和其他埃及男人一样,都有像西瓜一样圆溜溜的肚子。

她站在门口盯着这个男人,把他全方位地仔细打量了一番,从左到右,从头到脚,不放过任何一处能看得见的地方。过了几分钟,他抬起手腕看了看时间,穿上那件黑色礼服,朝会议大厅走去。休息室里一半的人都跟在他身后,和他一起走向会议大厅。苏珊也跟上了他们的脚步。随后,她惊讶地发现,会议大厅竟仿佛变成了一个剧场。而他是那里唯一的演员,所有的人都是观众。很显然,那些人是民事诉讼案件的当事人、陪审团成员,还有其他律师和几位法官。

苏珊决定每次都去旁听民事诉讼案件的庭审,就是希望能在庭审现场看见他。她偷偷瞄了一眼，看见了他楚楚动人的长睫毛。当他回眸注意到她的时候，苏珊慌忙藏到了别人身后，躲开了他火辣辣的视线，却还是忍不住向他投去爱慕的目光。从那以后，他们两个人时不时地就会视线交错。她清楚自己避开他视线的原因，只是因为爱慕的底气不足。在苏珊看来，自己似乎并没有进入他的视线，更别说进入他的内心了。她觉得自己对他来说就像过眼烟云，在他的记忆中根本不存在，所以，他也不可能刻意搜寻并且注意到她。

海迪彻是一户有钱人家的二丫头。她的爸爸没能享有两个西瓜——长寿的人生和丰厚的财富。海迪彻的爷爷是医学院的高材生，一心想着如何让家庭的荣光得以延续，但是，爷爷去世的时候，留给海迪彻爸爸的，却只有一屁股的债务，和一个濒临破产的水晶厂。后来，海迪彻的爸爸接手了这个工厂。他更新了产品设计理念，开始生产最具市场潜力的畅销产品——系列餐具和吊灯，工厂在短短几年时间里就扭亏为盈。同时，海迪彻的爸爸开始生产洋娃娃、首饰、发卡等新产品，工厂的利润不断增加。四十岁那一年，他遇到了一位在旅游公司工作的姑娘。四十岁的爸爸和后来成为妈妈的那位三十岁的姑娘坠入了爱河，两人结了婚，还出国度了蜜月。

结婚一年后，他们有了一个女儿，取名阿兹特。七年后，他们又生了一个小女儿，这个小女儿就是海迪彻。小时候，海迪彻一睁开她那双圆溜溜的眼睛，就会一直看着自己的母亲。她还经常和妈妈一块儿做游戏。她的爸爸整天疲于应付工厂里的各种事务，但也会忙里偷闲，为海迪彻做很多事。无论他去哪里，都会抱着海迪彻，但姐姐阿兹特就没有享受过这样的待遇。爸爸开会的时候，会把海迪彻放到身旁的椅子上，让她自己玩。海迪彻根本听不懂爸爸和同事们的谈话，所以很快就做起了梦。

晚上，海迪彻会躺在爸爸和妈妈中间，头靠着爸爸的脖子，一直睡到五点多钟。后来，妈妈费了好大的劲儿才让她回到自己的屋子里睡觉，但是，海迪彻觉得爸爸不在自己身边，就是睡不着。于是，爸爸给她讲故事，好不容易才把她哄睡。夜深人静的时候，海迪彻又会偷偷跑回爸爸妈妈的卧室，躺在他俩中间继续睡觉。

海迪彻十五岁的时候，爸爸就去世了。从那以后，她从梦中惊醒时，总是感觉到爸爸好像就在身边，而且还能闻到那种混杂着汗水和香水的味道，甚至还有烟酒混合的味道，那是来自爸爸的熟悉的味道。

海迪彻和苏珊结束通话前发誓说："我绝不会就此屈服。"随后，她回想了一下自己的生活，发现所有的事情都像闪电一样瞬间结束。在过去的日子里，不论是有人以传统的方式追求她，还是她喜欢某个人，他们之间的关系都是暧昧不清的，即便有人铁了心要爱她一辈子，可她总是觉得那不是自己喜欢的类型。

她四处张望，等着杰玛勒·曼苏尔出现在法庭。她一定要加入到他的旁听队伍之中。其实，她心里明白，自己不一定会接纳他。她不清楚他是否知道她在场。她猜想，或许还有另外一种可能，他只是假装不知道她在旁听的队伍里。她没有忘记苏珊告诫她的话:"其实,你并不一定是真的爱他,只是想感受一下来自别人的爱罢了。可这样下去,你不但感受不到任何人的爱,还只会给自己带来伤害!"

海迪彻就这样过了几个月。她觉得每天都尾随着这个男人,实在是太累了。看起来,那位被跟踪的男神真是忙晕了,甚至没有精力为身边的女人留出哪怕一丁点儿的时间和空间。她愤愤地自言自语道:"难道她说的是真的吗?我渴望的事情,留给我的只能是伤害吗?"于是,她果断地做出决定,要把这个男人彻底忘掉。

海迪彻试图专心投入到美术学院的学业中。一学年快要结束了,老师们开始找各种理由不去课堂给学生面授。每次,他们都会找海迪彻替他们上课,有时她不在学校,老师也会让她过来代课,因为他们知道她住的地方离学校只有几步之遥。对此,她既不拒绝,也不指责,全部欣然接受。

一天,她醒来之后突然觉得很难过,心情十分沉重。她迷迷糊糊地说不清楚这是怎么回事,仔细想了想,觉得应该是无法忘却杰玛勒·曼苏尔的缘故。她看了一眼手表,已经十点多了。今天她约了三个朋友一起在家里吃午饭。于是,她出门去购买新鲜的食材,准备回来做沙拉。这是她的拿手好菜。此外,她还要准备一些巧克力和小礼物,送给随朋友一起来的孩子们。那些孩子十分惹人喜爱,她期待着他们到家里做客。为了迎接朋友的到来,她还必须收拾房间,打扫屋子,换床单,清洗餐具,还要在餐桌上摆放一束玫瑰花,那是必不可少的装点。

海迪彻的闺蜜都到了。她们用各自的方法帮助海迪彻按期完成学业。关于这一点，海迪彻是不否认的。为了能按时毕业，海迪彻投入了大量的时间和精力攻读学位，不敢懈怠，也不能偷懒。但是，海迪彻还有一个愿望，就是利用假期时间到远方旅游。恰巧，这个假期没有要完成的学业任务，如果能外出旅游，应该是一件很幸福的事。在海迪彻的记忆里，爸爸在世的时候，家庭出游是常有的事情。每次都由爸爸安排，自己不需要操什么心。现在，她要独自外出旅游，需要自己设计旅行的每个环节。

爸爸的离世，对海迪彻的打击非常大。当时只有十五岁的小姑娘变得十分孤僻，沉默寡言，不愿意和人交流，只有必要的时候才勉强回答一声。那时候，她一想起有关父亲的事，就会忍不住哭泣。当时，管理工厂的重担落到了妈妈肩头。对海迪彻的妈妈而言，管理工厂是一个全新的挑战，压力非常大，不但身体吃不消，心理负担也非常重。妈妈病了。海迪彻带妈妈去看了心理医生，但妈妈拒绝治疗。

两年后，海迪彻突然对妈妈说："我想去里斯本旅游。"妈妈被她的要求给吓到了。她觉得海迪彻有点不对劲，因为里斯本是丈夫生前最后一次同海迪彻去旅行的地方。但是，她又无法拒绝女儿的请求。幸运的是，在这次旅行中，她发现海迪彻的情况开始好转了。

第二年，海迪彻又去旅行了。她坚信，爸爸会在漫长的旅途中等着她。总有一天，她会和爸爸不期而遇，或许就在某一座充满回忆的城市里。

多年来，在全家人一起旅游的时候，海迪彻一直负责安排旅游的各种事情，包括选择目的地，安排旅行中的各项事务，预订飞机票，购买火车票，选择酒店，安排音乐会的门票，等等。有时为了合理地安排旅行费用，她甚至会在出发前几个月就预订好心仪的饭店，以便享用旅行地的美食。海迪彻习惯于把旅行计划在纸上打印出来，并用电子邮件保存在专用的文件夹中，以便在任何地方都能够查阅到行程。姐姐阿兹特与同在外交部共事的外交官结婚后，经常侨居他国。即便这样，家庭旅行仍然是海迪彻一家人生活中的常态。遗憾的是，她的姐夫至今还没有加入过她们的家庭旅行。

朋友们离开后，海迪彻感到倦意袭来，上楼走进房间，倒头睡了半个多钟头。她醒来的时候，心里盘算的还是旅行的事，顿时就没有了让自己再躺一会儿的理由。于是，她起身脱去睡衣，走进浴室，往浴缸里放了一把甘菊花瓣，又加了少许杏仁油。然后，她拧紧浴缸底部的水塞子，打开龙头，调好水温，让水不停地流进浴缸。海迪彻站着刷了一会儿牙，之后顺着边沿溜进了浴缸，把整个身子都浸在水里，享受着美好惬意的个人时光。她闭上双眼，在脑子里挨个思考着世界各地的城市。"阿姆斯特丹！"这个名字突然闪现在她的脑海里，还有几个与之关联的城市也陆续出现在她的思绪中。

洗完澡后，她告诉了妈妈自己的想法，她问道："您觉得我和阿兹特去荷兰旅游一趟怎么样？"

妈妈还没来得及拒绝，她便急忙补充道："然后，我们两个人再一起去一趟比利时。"

妈妈知道拒绝也没有用，便点头表示了同意。海迪彻亲吻了一下母亲的额头，然后就给侨居在哈萨克斯坦的姐姐阿兹特打电话，和她商议一起外出旅游的时间和行程。

四

一天早上，杰玛勒·曼苏尔坐在自家的小阳台上喝咖啡。这个小阳台是闹市中独有的属于他自己的静谧之地，布满他亲手种植的各种鲜花。虽然现在只是五月中旬，但他还是觉得炎热难耐。他慢悠悠地吸了一口阿拉伯水烟，不急不忙地吐出长长的烟圈，任其在空中自由地散开，无拘无束。杰玛勒·曼苏尔平常是不抽烟的，今天是个例外，因为他心烦。

他用铁架子在阳台上搭建了几个小花坛，里面栽满了低矮的牵牛花。他看着低垂的花，伸手拔掉几片枯叶，又清理了垂吊在花坛外面已经凋谢的花。他忽然想起自己错过了种植夏季花朵的时间，那些花本来可以替代枯萎的牵牛花，为阳台增添无限生机。杰玛勒·曼苏尔非常喜欢牵牛花生机勃勃的样子，但讨厌那些枯萎花朵表现出的阴沉的死气。每年，为了迎接夏季的到来，他总是会栽种不同品种、不同颜色的花，按照自己的品位打理花园。然而，今年酷暑来临之前，他要把那些没有生机的花朵全都处理掉。

一只瘦弱的麻雀飞到对面的阳台上，停留了几分钟，又展翅在空中盘旋了一会儿，再次回到了之前停留的阳台。此景此情，让杰玛勒·曼苏尔产生了一个奇想："这只麻雀会察觉到时间的流逝吗？"那只瘦弱的麻雀飞动的姿态，引发了他在脑海中对生命镜像的片段式回放，让他不由得感叹生命的短暂。他自言自语道："在发明历法之前，人们的生活与自然界的飞禽走兽一样幸福吗？"

杰玛勒·曼苏尔从来没有尝试过去想象被人们称为"未来"的那个时段，因为他的生活极其简单，仅仅是为了活着而活着，没有其他非分之想，没想过要发财，更不会想着去享福。所以，他对未来没有任何奢求。

如果有机会思考本职工作以外的事情，杰玛勒·曼苏尔通常会回忆过去的某一时刻。那是他生命中最有意义的一段时光。他在家里铺开毯子，招手叫三个弟弟妹妹过来躺在上面休息。这间房子最早是他的父母住的。那时候家里的居住空间不宽裕，家庭成员之间都能最大限度地彼此包容。和他们同屋居住的还有两个姑姑。后来，年龄越来越大的两个姑姑因为一些琐事闹得不愉快，吵了几次架后，都离开了那个狭小的家。

杰玛勒·曼苏尔回味着往昔岁月，觉得那时候的家庭生活无比温馨。他从回忆中回过神来，觉得这几年能为家庭成员提供足够好的生活条件，也算是取得了不错的成就。他为妹妹宰乃白准备的新房即将完工。婚礼之后，他还能为妹妹再做点什么呢？

最近，杰玛勒·曼苏尔很少能见到妹妹。她和未婚夫外出购置家具,看婚纱,预订婚礼场所。她想让婚礼办得体面一些,曾经两次去和相关人士商谈细节。不过,在有人真正加入他们的家庭之前,他还是不自觉地逃避着妹妹婚礼筹备的事情,而且有意腾空了床铺,减少了餐桌上盘子的数量。

哈萨姆,一位比他小十七岁的年轻人,军校高才生,是他身边第一个离他而去的人。最近一年,杰玛勒·曼苏尔经常前去拜访哈萨姆的遗孀。最初一周拜访好几次,后来一周拜访一次,再后来,一个月只去拜访一次。他的日常琐事越来越多,拜访哈萨姆遗孀的次数也逐渐减少。后来再去的时候,开始变得像不常见面的客人一样,拘束感增加了不少。到最后,就再没有去拜访过了,他们之间的联系只剩下了偶尔的电话交谈,所谈及的内容无非就是有关正在成长的孩子的烦恼。

哈萨姆的辞世,让一个家庭失去了顶梁柱。最近一段时间经历的很多事情,让杰玛勒·曼苏尔渐渐明白了家庭和睦的重要性。他的另一个朋友阿西姆因故被监禁。那是一个多愁善感的小伙子,因为看不惯哈萨姆的某些行为而多次责备他。他们仨曾经是非常要好的朋友,现在却已经阴阳两隔,而那个活着的人也已经失去了自由。这些事情都对杰玛勒·曼苏尔的生活造成了相当大的影响。不过,对于宰乃白而言,朋友的变故并没有改变她原本就很光鲜的生活。

说到阿西姆,他已经结婚了。杰玛勒·曼苏尔的生活受阿西姆的干扰并不多,而哈萨姆对他生活的影响却要长久得多。宰乃白未婚待嫁,毕业之后,在哥哥杰玛勒·曼苏尔的帮助下开了一家药店。她白天去药店上班,下班回家后就等着杰玛勒·曼苏尔回来。白天药店的工作很累,所以她等哥哥回家时大多都会睡着,经常察觉不到杰玛勒·曼苏尔回家的脚步声。兄妹俩就这样相依为命,日子过去了很多年。杰玛勒·曼苏尔对这样的生活状况很满意,也很知足。宰乃白已经到了结婚的年龄。如果她出嫁了,杰玛勒·曼苏尔就会变成孤身一人,再也不会听到有人在他的耳边唠叨,也不会有人对他的行为表示不满。当然,人的生活就是这样,有得必有失。就像埃及谚语所说的,我们不可能用一只手同时抓住两个大西瓜。

  时间未到中午,杰玛勒·曼苏尔却感觉到自己的两腋已经被汗水浸湿。大街上,小贩和旧货回收人的吆喝声此起彼伏,不绝于耳。他看了看时间,端起一杯咖啡朝屋子里走去,顺手把烟灰缸也带了进去。

  浴室里温暖的洗澡水并没有给杰玛勒·曼苏尔带来多少活力。他站在衣柜前挑选着自己喜爱的衣服,脑子里却想着他孤身一人之后生活应该怎么继续。

  杰玛勒·曼苏尔开始变得心神不宁。他要赶紧去法院。在以往民事诉讼公开辩护的时间里,他从来没有离开过法庭。这一次辩论,他貌似有些手足无措。他忐忑不安地走向辩护区,找到律师专属的位置坐了下来。辩护开始后,他向法官陈述了他的委托人和丈夫的悲惨生活。说到动情的地方,他竟然忘记了在场的法官和台下的人们,开始自言自语道:"一个人抱着三个西瓜,让人难以置信。总有一天,他会变得两手空空。"杰玛勒·曼苏尔的嘀咕声让审判大厅顿时变得格外安静。他意识到了自己在辩护中出现的失误,于是向在场的所有人做出了进一步解释。他唯恐人们听不清自己说的话,便提高了嗓门,希望讲话的音量能传到审判大厅的每个角落。但让杰玛勒·曼苏尔甚为难做的是,这次辩护的委托人是一个私欲至上的成年人,而不是一个容易满足的孩子。她唯一的要求就是远离吝啬男。简单地说,她的诉讼要求不在抓住西瓜的范围之内。

从法院回家的路上,杰玛勒·曼苏尔想到老年人的离婚案件,心里越发感到不安。他越来越害怕自己会逐渐老去。他回想起他曾经处理的最棘手的一桩离婚诉讼案,那个女委托人或许是他的委托人中最不幸的一位,但至少他们已经开启了一次真正的诉讼实战。想到这里,他不安的情绪稍微缓解了一些。

年轻时的他,从未有过能吸引邻家姑娘的过人之处。在大学时代,很多女孩子都绕着他走,因为大家都觉得他是一个无趣又刻板的人。那时的杰玛勒·曼苏尔就像班车一样,准点去教室,然后准点离开。在课间或者空闲时间,他做的事情只有溜进图书馆读书。

杰玛勒·曼苏尔律师事务所的诉讼业务中,已婚和离异的委托人各占一半,她们都希望寻求法律援助,以调解她们和丈夫或前夫之间的矛盾。他把那些委托人称为"拜尔宰赫[①]的女人"。因为她们想从他那儿获得力量,也就是律师支持她们胜诉的力量,

---

[①] 地名。来自拜尔宰赫的妇女具备泼辣、干练等特质,因而被认为拥有获得胜诉的力量。——译者注

或者说是接管家庭财政账户的力量。同时，她们还想通过诉讼，给背叛她们的丈夫一个响亮的耳光，以彰显法律赋予她们的权利以及自己获得的公正的结果。通常，她们每个人都会经历这样的诉讼阶段，之后，她们不会再记得他，能够想起的，只有悲惨生活中那些琐碎的片段。

杰玛勒·曼苏尔经常会想起一个名叫格麦尔的女人。她的容貌时常萦绕在他的心头，他唯一能做的就是努力工作，让自己忙碌起来，以冲淡对她的回忆。格麦尔曾经希望留下来，给杰玛勒·曼苏尔当保姆。她不仅是一个独立的女人，还有慈母般的善良和爱心。她结过一次婚，把全部精力都放在了照料和教育两个孩子身上。她想把杰玛勒·曼苏尔当作她的第三个孩子来照料，让他每天夜里都像幸福的小猫咪一样依偎着她休息，偶尔制造一点鼾声。每天早上，格麦尔都会在他的床头放上一杯咖啡。有时候，她还帮他洗澡冲凉，再用一条大浴巾把他的身体包住，慢慢擦干身上流淌的水。每当此时，杰玛勒·曼苏尔看到她炽热的眼神，便感觉是世上最幸福的时光。

回想起格麦尔的时候，杰玛勒·曼苏尔又想起了海迪彻。那位女博士曾经飞进他的脑海，然后又像一只小鸟一样渐行渐远，消失于天空之中。他很想再和她见面。他设想着和她交谈时的场景。她面带笑容，双眸清澈，说起话来滔滔不绝，又像蝴蝶一样轻声细语。杰玛勒·曼苏尔盘算着下次和她见面的时间，免得她就此悄悄地消失。他想起了她那双会说话的眼睛，只能假装看不懂，或者不知道。其实他心里明白："我又一次败给了命运。"

五

海迪彻梦见了杰玛勒·曼苏尔。她感到有些羞涩,觉得这个梦很奇怪。

梦里,他们两个人赤裸着走在喧闹的大街上。他站在她的身后,双臂绕到她的胸前,用舌尖舔舐她的耳垂,轻轻地挑逗她。路上的行人用震惊的目光看着他们两人非同寻常的举动,但此刻她却感到了从未有过的快乐与美好。

她从睡梦中惊醒。那个虚幻的梦境让她倍感满足,感觉就像一个饥渴难耐的人享用了一顿美餐一样。她回味着那个美好的梦境,懒洋洋地不愿睁开惺忪的双眼,准备再躺一会儿,希望能再陶醉在美妙的幻境中,再次享受一下那种虚幻的美好。她感到自己的身体有些燥热,甚至感到脖子上散发出他夹杂着浓浓烟草味儿的气息。

她醒了,缓缓地朝窗户走去,拉开窗帘,站在玻璃窗前,望着别墅里的小花园。她看到草坪上有一对鸽子在嬉戏。公鸽子长着一对蓝色的翅膀,在一只长着灰色翅膀的白色母鸽子身旁蹦蹦跳跳，不时地昂头叫着，发出咕咕的声音。这只鸽子挺直了脖子，靛蓝色的羽毛也随之舞动起来，泛着鲜艳的光泽。它试图用鸟喙挑逗母鸽子，但母鸽子跳来跳去，不愿搭理它，似乎想挣脱它的束缚。或许这就是鸟类谈情说爱的特有方式，只是人类不懂而已。其实，这只公鸽子要比那只母鸽子更漂亮一些，可是，后者却有点不情愿。

海迪彻回到屋里，躺在了床上，看着墙上那幅裸体女郎油画。那幅画是她的爱情信物。为了表达爱慕之情，杰玛勒·曼苏尔模仿16世纪意大利文艺复兴时期威尼斯派画家提香的《乌尔比诺的维纳斯》，画成了这幅画。他临摹的这幅画，身体属于自己的恋人，脸却换成了另外一个女孩子，而且，他把画中人洁白的面颊改成了棕色。海迪彻忽视了那张并不属于她的脸，只是长久端详着画中女孩坚挺的双乳和那两条流水般修长的腿，心里美滋滋的，原来自己的胴体竟然这么美。

她伸手拿起床头柜上的电话，心想：我现在就要给他打电话。但是，她迟疑了一下："他有我的电话，为什么不给我来电话呢？"随后，她又像前几次那样，默默地把电话放回了原处。她再次站起身，不情不愿地走出房间，穿过走廊，扶着栏杆，朝住在一楼的保姆大声喊着，要保姆准备早餐。然后，她去了卫生间，开始每天早上固定的梳妆打扮。

早餐过后，海迪彻拿起手机，盘算着这次应该如何跟他说。她拨通了他的电话，从他富有磁性的浑厚的男声里感受到了一丝温暖。她稍停片刻，朝着话筒那头大胆地说出了在脑海中多次练习过的话语：

"我可以去你那儿一趟说些事情吗？"

那边沉默不语，什么反应都没有。她的心怦怦直跳，久久不能平静，她感觉自己就像一只跌落在深渊里的麻雀。时间只是暂停了一会儿，但她感觉好像过了整整一个世纪那样漫长。突然，电话那头传来了他同意的声音。

她来到他的办公室，站在他的面前。他从椅子上站起来，盯着她。她身上的香水味扑向了他，这香味与她文静的神情和自信的状态相得益彰。两人四目相对，谁都不愿先开口说话。她的身材在长袖蓝色裙衣和衬裙的完美衬托下显得更加成熟。根据她的装束，杰玛勒·曼苏尔给出了一个简单的评判："她苗条了，也成熟了。"

杰玛勒·曼苏尔对海迪彻说，如果她乐意，实现愿望应该不难。海迪彻听到这番话，感觉心里热乎乎的。这种燥热比以往来得更快，也更猛烈。杰玛勒·曼苏尔笑着说："对我们来说，春天只是个象征性的季节罢了。"

休息了一会儿，他们俩开始聊天，聊法律，聊文学。稍停后，两人都沉默不语，等待对方开口说话。为了不再尴尬，她问他："请问，律师成功的秘诀是取决于对法律知识了解的多寡，还是取决于个人的职业才能呢？"

他低头想了想，半开玩笑地对她说道："这和你的毕业论文有什么关系呢？"

她回答道："多了解一点儿，总没有什么害处吧。"

"你说得对。"

然后,他不言语,脸上也没有笑容。而她表示,她非常喜欢他在法庭上辩护的精彩故事。他听着她讲述他自己的成功案例,感觉她所说的事情都是在重复一些无谓的回忆,没有什么新鲜的东西,不值一提。她说完之后,杰玛勒·曼苏尔平静地说了一句:

"我喜欢我现在的工作。嗯,应该是这样。"

她没有搭腔。然后,他又补充说:"如果一个人热爱他的工作,就会精于此道。"

短暂沉默之后,他开始给她讲述自己是如何喜爱上律师工作的。但他明确地说明,律师就是一个普通职业,没有什么特别之处。杰玛勒·曼苏尔觉得,不能让她觉得律师这个职业在他眼里很特别,身份地位很优越。世界上的任何一种职业,都没有高低贵贱之分。简单地说,没有卑贱的职业,更没有高贵的职业。

听着他的高谈阔论,海迪彻感觉到自己僵硬的身体似乎放松了很多。这种美好的感觉,就像一位技艺娴熟的按摩师在给自己按摩一样,舒服至极。他望着她那双充满好奇的眼睛,说道:

"热情是做好一切事情的基础。时间则可以让人积累更多的工作经验。"

两个人又一次不再说话。他偷偷地瞄着她,她感到有点尴尬,问道:"你好像更喜欢文学。"

她的这句话似乎戳到了他的痛处,揭开了他的旧伤疤。他想起了自己不堪回首的往昔岁月。他曾经想当一名作家,但这一梦想在来到法院工作后便随风消散了。他永远不会忘记那一切。他曾告诉自己，不能在虚幻的梦想中继续前进。他拿出以不同尺寸和颜色的纸张保存的作品，进行了归类整理——从封面到卷后结语"灵魂离开之际"——然后带着它们去了装订车间。

书籍装订车间的一位师傅根据作品的状况，给杰玛勒·曼苏尔推荐了拟使用的材料——皮革、布料和硬纸板，他选择自己喜欢的绒面革，让师傅制作封皮。师傅问他书名，他说：《梦中的木乃伊》。"他拿回了装帧好的作品，把它塞到了书房的一个小书架上。这个书架是他专门用来存放重要的法律文献的。

他扫了一眼小书架，然后盯着她说："我喜欢关注古典文学家。"

"为什么？"

"学习他们怎样与人说话交流，辩护时要避免他们那种说话方式。"

她似懂非懂地看着他。

他补充说："俄罗斯作家陀思妥耶夫斯基、法国作家福楼拜、埃及作家纳吉布·马哈福兹，他们都在作品中讲述了一个又一个精彩纷呈的故事，但他们为自己辩护的时候，语言表述却很糟糕。他们不会为自己的清白申诉，只是寻求别人的同情。他们在内心深处已经给自己定了罪，而律师最大的不幸就是不相信他的委托人是清白的。"

她问道："那么俄裔美籍作家纳博科夫呢？"面对她的突然发问，他反问道：

"你认识他吗？"

她俏皮地盯着他，好像对他说："你猜。"他回过神后，说道：

"难道你指的是《洛丽塔》这本书？其中最糟糕的片段，是亨伯特在民事诉讼中为自己辩护却败诉。纳博科夫不相信他的主人公的道德是完美的。"

杰玛勒·曼苏尔感觉自己有点儿盲目自信了，脸上露出一副尴尬的表情。随后他平静地说道：

"律师应该相信他的委托人说的话，这样在辩护时才有能力为他的委托人做相应的辩护。但是，我不一定每次都能辩护成功。"

从他所说的话中，她已经发现了问题的关键所在。他送她到书房门口，与她握手道别。这时，她意识到自己就是可以撼动并且黏住他的那个西瓜。

六

夜里十一点多,杰玛勒·曼苏尔被热醒了。醒来后他才想起来,上午十点,他要和他的委托人阿波莱见面。阿波莱五年前已经离过婚,现在又为了与第二任丈夫离婚而提起诉讼。阿波莱戴着黑面纱,穿着镶满金丝的海湾式长袍,气场十足,他一眼就认出了她。阿波莱平淡地述说着自己的生活,好像在讲述别的女人的精彩故事一样。讲完后,她不再言语。杰玛勒·曼苏尔听得津津有味,却突然发现盯着自己的那双眼睛非常怪异。她以傲慢的目光上下打量着他,目光深邃。杰玛勒·曼苏尔还记得,有一天早上,他从一座山顶走下来的时候就遇到过这样的目光。那次,阿波莱就曾用这种自以为是的目光试探他,挑衅他,并且压低声音耳语道:"顺便给你说一下,我是你值得拥有的。"在接下来的三次邂逅里,阿波莱都对他表达了衷心的感激之情,随后她再没有出现过。可是前天,她又出现了,目光里溢出了满满的自信,比之前更加勇敢。

阿波莱长长地呼了一口气,擦了擦汗,掀起面纱的一端想散散热。她盯着杰玛勒·曼苏尔，却发现他正瞄着自己丰满的胸部。她立刻系上了长袍的纽扣，微笑着没有说什么。和往常一样，他并未觉得这有什么不妥，但还是向她道了歉。他知道，她喜欢选择被称为"工作早餐"的时间和他见面。所以，他们见面后，他就直接问道："周六早上十点见面怎么样？"

她没有按时赴约。杰玛勒·曼苏尔对这次约定很上心，这种情况不免让他有些不悦。他真的不想再约她了，但是想了想，又觉得不妥。一个专业律师不能小肚鸡肠。"这样看来，你跟别的男人没有什么差别。"他低声谴责自己。男人总会觉得，如果一个女人拒绝了他的邀请，自己的尊严就会受到伤害。在法院工作的二十五年时间里，杰玛勒·曼苏尔根据自己接触的各种案例，总结出了一个"经验"，那就是：一个男人如果床上功夫无能，那足以让他颜面尽失，而且还要屈服于女人的所有要求。男人的床上功夫被戏称为"国际性核武器"——仅适用于恪守耕种自家责任田的男人而已。

杰玛勒·曼苏尔感觉到自己的脊背上全是汗水，他很讨厌这种黏糊糊的感觉。但他不愿意离开自己心爱的床，于是顺手拿起遥控器，对准空调按下了开关，闭目享受着这股凉风带来的一丝惬意。随后，他又想到了与海迪彻的约会。只需要等待屈指可数的几天，做好相应的准备。他不停地念叨着："不用着急，只有五天而已。"

杰玛勒·曼苏尔躺在床上，目不转睛地盯着天花板，回味着之前美妙的日子。他想起了海迪彻长长的睫毛，也想起了自己的目光定格在她胸前的那一瞬间。他感到有些孤独,到处找人聊天,以此打发自己的时间。有时他也会提高音量,以便让秘书大叔能听见自己说的话。这位秘书大叔是一位敬业的职业秘书,经常会跑来询问一些无关紧要的事,得到答复后,便又回到自己的座位上继续工作。

海迪彻每时每刻的模样都印在了杰玛勒·曼苏尔的脑海里。他想起了她眉开眼笑的样子,还有两人握手话别的场景。她的脸庞因此泛起红晕的时候,她仿佛已经成为从爱情小说走进现实生活的梦中情人。那时候,她变得更加妩媚,宛如法老时代壁画中的美女一般令人着迷。

杰玛勒·曼苏尔发现一位女士朝自己走过来。她挺胸抬头,昂首阔步。此情此景让他异常兴奋,仿佛发现了新的艳遇目标。其实,那位女士叫梅里特·阿蒙。她是父亲的妻子,也是自己的继母。他情不自禁地把这位女士和海迪彻进行了一番比较,梅里特·阿蒙要更迷人一些。他的好奇心促使他想进一步寻求老爸和梅里特·阿蒙之外其他女人之间的关系。他沉思着,自言自语道,年龄不应该让我和海迪彻成为一个难以想象的时代悲剧吧。现实生活中,有些年迈老翁子嗣满堂,情人甚多。如果仔细探究不难发现,他们要么达官显贵,要么家财万贯,自然成为猎获靓女的老炮手,双方各取所需。他相信,他不属于现实生活中老翁系列之人,既无财,也无权。想到这里,杰玛勒·曼苏尔感到有些失望;同时,又非常肯定地说:"我绝对和他们不一样。"他认为,爱情的火花源自很多看起来完全不可能的事,而每个令人难以忘怀的情节，都不可能成为现实的爱情故事。

刚刚醒过来的杰玛勒·曼苏尔睡眼惺忪，但屋子里的空气有点凉，这让他倦意全无。他走进洗手间，拿起牙刷，漱口，刷牙，暂时不再想海迪彻。然后，他站在镜子前，端详着自己的影子，问道："这难道就是真正的爱情吗？"随后，他不停地责问自己："你对她的兴趣与日俱增，难道只是出于那种捉摸不透的贪婪吗？贪婪的欲望让你忘却了自己应该承担的责任。"杰玛勒·曼苏尔看着镜子里的自己，心情异常沉重。这种状况不亚于法庭上的控辩交锋。他缓缓地舒了一口气，让自己的压力得到些许的释放。然后，他对自己说："她只是在这件事上表现出退却，就让你的自尊心受到了伤害。也许这就是激情的秘密吧。"

其实，杰玛勒·曼苏尔曾经十分讨厌"自尊"这个词。这个词一点儿都不美好，简直就是一种折磨！就像双手托着一个有一定重量的大西瓜，必须一辈子紧紧抓住，不敢松手，稍有不慎，那个西瓜就会从手中脱落，不仅粉身碎骨，还会弄脏地面。他顽强地正视生活中的艰难困苦，每天废寝忘食地奋斗，不就是为了维护这点儿自尊吗？那时候，他并不发愁晚上回家时能给自己的弟弟妹妹带些什么，只是为了能够看他们一眼。

他坚信，一个自然人四分之三的自尊是自由，这是一个人唯一能让别人尊重的原因。人们尊重他，是因为他是一个自然人，而不是因为他的权势、家庭或是其他。在杰玛勒·曼苏尔看来，一个人自出生睁开双眼，就很难感受到自由的气息，每一次呼吸都受到环境的制约。他发现，自从离开家独自闯荡以后，他已经失去了四分之三的自尊。现在他每天睁开眼睛在职场奔波，就是为了捍卫剩余的那四分之一的尊严。为了让自己更加出色，他需要不断努力，并且要多做有益的事。若是有人看不起自己，杰玛勒·曼苏尔绝不会对此置若罔闻，他会予以坚决还击。

他一如既往地投入到工作之中。海迪彻一次次爽约的原因似乎成为一个难解的谜，让他捉摸不透。他安慰自己说："交往之初就忽略她的不守时，难道就是为了让自己的尊严不受伤害？也许是因为她真的没有能引起自己关注的优势？"对于这件事，这位天才律师也感到束手无策，即便是一个非常优秀的检察官，现在恐怕也无法给出令人满意的答案。他记得和海迪彻的两次见面都是在他的办公室里。"我们俩可以一起出现在别的场合吗？别人会怎么看呢？"他没法回答这个棘手的问题，只感到手脚冰凉，身上似乎没有一点儿热量。他开始质问自己是不是真的对她有了某种感觉：这究竟是爱，还是赌徒嚼红辣椒时产生的那种火辣辣的冲动？

"一个人可以帮别人弄明白许多事情，自己的事却说不清楚。"他一边说着，一边用毛巾擦拭身体。穿好衣服之后，他走向客厅，打开阳台的门，让清新的空气进来，吹散那些令人痛苦的烦恼。

七

海迪彻这会儿正和妈妈在比利时度假。她花了不少心思，挑选了一家位于布鲁塞尔市中心的酒店，好让旅途舒适一些。此时此刻，她信手打开自己的梳妆盒，端坐在梳妆台前，精心打扮着自己。随后，她又把挂在衣柜里的衣服整理了一下。晚上，她要和妈妈一起去享用晚餐。现在她能够自由支配的时间只剩一个小时，为了按时到达预订的餐厅，妈妈已经在她的房门外催促了不下三次。

海迪彻依稀感觉到一丝暖意从遥远的开罗缓缓飘来，其中掺杂了杰玛勒·曼苏尔的气息，那种气息直接溜进了她的鼻腔。她仿佛嗅到了东方人使用的香炉飘逸出来的香气，香气弥漫了整个房间，沁入她的身体。她隐隐约约感觉到自己像是身处杰玛勒·曼苏尔的办公室，时不时地能嗅到汗水和紫罗兰香水的混合气味。这股浓烈的气味让她感到全身酥软。对于这种气味，她没有一丝厌恶，反而深深地吸了一口，以加深自己的记忆。这种有助于记忆的味道，让她对杰玛勒·曼苏尔的思念更加强烈。于是，她拿起手机，打开 WhatsApp① 软件，留言道："晚上好，我是海迪彻·芭比。"

她盯着屏幕上的信息，满怀期待地按下了发送键。然后，她便一直盯着手机，不停地刷新，检查着信息的回复情况。她像是大风中的一朵浪花，带着问候，从远处山川河海的一端一步一步地奔涌向他。

海迪彻焦急地等待着信息的反馈，然而手机没有任何动静。她感到内心有一点点不安。"他肯定不会回复了。我为什么这么轻浮？没有一点儿矜持。"她心里嘀咕着，又一次打开 WhatsApp，等着出现"信息已读"字样的提示。时间一分一秒地流逝着，突然，手机屏幕上出现了"正在输入"，随后，她收到了一条回信："小美女？"她抿嘴一笑，立刻回复："我总算在布鲁塞尔联系到你了。"她因收到回信而激动至极，回复信息的手指似乎在手机屏幕上跳起了舞。他来信道："哈哈，那我真是幸运啊！"

她感到心跳加速，心情难以平静。她躺在床上，看着酒店房间的屋顶。过了一会儿，她又闭上双眼，回味着从未有过的美妙感觉，但仍忍不住要查看放在身旁的手机，看看有没有新的动静。

在餐厅用餐时，她坐在妈妈的对面，一直心不在焉，仿佛丢了魂似的，每隔几秒钟，就拿起手机看一眼。此刻，她没有心思挑选菜单上的菜品，也没有像往常一样和妈妈商量到底要吃什么。

---

① 用于智能手机的应用程序，可以即刻接收信息、音频及视频。——译者注

妈妈早就注意到了她的状态，但并不打算去追问什么，她想给已经长大的姑娘留一点儿私人的领地。妈妈问道："阿兹特什么时候到啊？"

"下午一点吧，妈妈。"海迪彻简短地回答说。

"她一个人吗？"妈妈又问。

她说："姐夫阿迪力很忙的，我知道他俩的情况。"

海迪彻的简短回复，让妈妈没法再继续问下去了。妈妈已经觉察她心里有事，于是只是拍了拍她的手。她的动作似乎在告诫姑娘，你的心思已经被发觉啦。

"我绝不会再给他回复信息了。"海迪彻赌气地小声嘟囔着。

她正在用汤匙搅动碗里的鱼汤时，手机突然闪了一下，她立马抓起手机查看。"我的月亮这会儿在哪儿呢？"她特别兴奋，尖叫一声，仿佛要把沉积在胸中的苦闷全部排出体外。她把手机放回到餐桌上，心满意足地喝了一口鲜鱼汤。

她没有立即回复信息。此刻的她就像一个聪明的教师，没有给学生施加太多的压力，以免遭到他们的抗拒。喝完汤后，她给杰玛勒·曼苏尔回复信息说："我和我妈妈正在布鲁塞尔的一家很棒的餐厅吃晚餐。"她用眼睛的余光偷偷瞄了一眼，发现妈妈正和服务员谈论一道超级有名的开胃菜。

她觉得这么好的餐厅景象是不能错过的，于是，她打开摄像头，将拍摄的视频发给了他。杰玛勒·曼苏尔回复说，他一个人在家里吃晚饭，同时还配了个悲伤的表情。

接下来的两天时间里，海迪彻和杰玛勒·曼苏尔就这样互发消息，互传情愫。海迪彻好像是他的眼睛，带着他领略比利时的美景，并且用优美的解说词给他说明自己看到的一切。"早上好，我现在来到了市中心的广场。这里有很多博物馆，我不知道从哪儿开始给你讲比较好。你恐怕想象不到，这个广场和周围纵横交错的小巷子里藏有十多座博物馆，它们相互毗邻。这里有国家博物馆、历史名人博物馆、马格利特私人博物馆、自然博物馆等等，真是令人眼花缭乱。"杰玛勒·曼苏尔回复信息说："真好，我太喜欢马格利特私人博物馆了！"随后，海迪彻给他拍了一张博物馆入口的照片，并附言："我现在带你参观马格利特私人博物馆。"他却没有回复她。海迪彻也沉默不语。一个小时后，她又写道："这里的展品多得让人目不暇接。我的脚都走疼了。我现在跟随着一个学校的参观团，和他们一块儿看展品。真是太美了，我都快要哭了。"她随手拍了几张相片发了过去。这个参观团有十二个孩子和三位带队的女老师。在一幅画作的前面，老师询问孩子们画中描绘的内容，一位老师模仿画中的动作，给孩子们示范煮汤的过程，孩子们整齐地列队举起双手，仿佛在托着一个盘子，每个人都专心地模仿着这个动作，生怕手中的盘子掉落在地上。老师往孩子手上虚构的盘子里倒着肉汤。海迪彻顺手把参观团师生们学习的那张图拍给他，又加了一句话说："你能理解这些照片里的内容吗？你觉得这幅画会给这些孩子留下珍贵的回忆吗？"同时，她也注意到，画作中的另一个场景是雨中的一条路。然后，她给他发消息说："我妈叫我过去，等会儿咱们再聊哦。"

短暂的午休过后，海迪彻的手机来了一条短信："我真的好想你呀,小鹦鹉。"她笑了笑,没有立即回复他。估计杰玛勒·曼苏尔已经看到已读字样的消息,在等回信呢。这个吊人胃口的小把戏让海迪彻感到很满意。她没有理睬他,想着傍晚时分到酒店外面散步。可是没过多久,她又收到了一条新消息:"还在吗,你怎么了?"看完后消息后,她把手机扔到床上,深吸了一口气,整个身心都随着意大利作曲家维瓦尔第的小提琴曲《四季》而跳动起来。过了一会儿,她坐下来读那些信息,想着该怎么回复他,又不至于破坏两人之间微妙的平衡。她还是感到有一点儿不愉快,便不想说什么,直到又一条新信息跃入她的眼帘——"要是我有什么做得不对,我给你道歉。"她急忙回信说:"没有啊,我刚才有点儿累,睡了一会儿,所以回复得慢了一些。""你别这样不回消息,好吗?"杰玛勒·曼苏尔试探着说。她眉开眼笑地看着手机里的短信,写道:"为什么啊?"还附了一个笑脸的表情。杰玛勒·曼苏尔发来一张眼睛被画成两个心形的笑脸,说:"因为我想你呀。"

对于隔空谈情说爱这件事,杰玛勒·曼苏尔就像一个非常谨慎的赌徒,循序渐进地增加聊天内容的尺度,但是,每一次得不到回应,都让他感到无比尴尬,内心陷入两难的境地。过了很久,她回复说:"两个小时后,我再给你回信息吧。现在,我准备去听音乐会。一会儿我给你拍照哦。"

她并没有给杰玛勒·曼苏尔发照片。到了半夜,她给他发消息说:"对不起啊,我在外面时,手机没电了。嗯,今晚夜色挺美的。"她看着发送在 WhatsApp 上的信息,忍不住笑出了声。很快,手机上显示出了"正在输入",随后,她接收到了一行字:"我一直在办公室待着,等着你的消息。"海迪彻心中暗自窃喜,她说:"我这两天给你寄明信片。"他回复道:"那你得抓紧点儿啊。"还附了一个笑脸。然后,她发了一张捷克小说家米兰·昆德拉《玩笑》的照片给他,杰玛勒·曼苏尔回复道:"我不太喜欢这个作家。但是,我喜欢这本书上的睡美人。"

海迪彻一开始没弄懂他说的话的意思,于是翻开相册仔细研究那张图,突然一下就明白了,原来,他指的是自己放在小说封面上的手指。幸福来得太突然了!海迪彻看着那条含义隐晦的短信,笑得像一朵花儿似的。她发了一个笑脸的表情给他,附言道:"哈哈哈,好吧。我现在要睡觉了,明天还要去阿姆斯特丹呢。"发完信息后,她把手机放在相机的旁边,随后嫣然一笑,安然入睡。

八

杰玛勒·曼苏尔又一次梦见自己变成已经忘却多年的那只鸟。

在梦境中，他看到自己从五楼的窗户跳下，飞速跌落在地面。当时，他心里害怕极了，像鸟儿抖动翅膀一样舞动着手脚，然后感觉自己一点一点地飘曳着向空中上升，竟然飞到了七层楼那么高。他沉下心，蜷缩身子，像麻雀一样朝地面俯冲下去，展示自己的高超技能，最后平安落地。

杰玛勒·曼苏尔重拾梦境，回味着曾经在青春岁月陪伴过他的在梦中飞翔的瞬间。他睁开眼睛，躺在床上追寻着梦境，将梦中的物体和现实生活里的各种建筑物的形状进行了一番对比，以确定自己已经绕过了那一片空间的角落。他还依稀记得自己飞向高处时指尖碰触阳台的美妙瞬间。

他感觉自己会有新的希望，于是拿起手机，看看有没有海迪彻发来的信息。他看了一眼时间，觉得她肯定还没有睡醒。起床后，他准备给自己做一份可口的早餐——石榴奶酪煎蛋卷。

昨天晚饭的盘子还堆在厨房的水池里，没有洗。杰玛勒·曼苏尔哼着歌,刷着盘子,竟然发现自己哼唱的歌是某戏剧中的男高音的主题歌。他们通常都以"我恋爱了"结束。

杰玛勒·曼苏尔梦境中的呼喊声在房间回荡。他感到异常兴奋,几近疯狂,就像孩童猜对字谜那样。即便在职场辩论中,他始终没有感受到"疯狂"带来的如此般快感。实际上,他在辩论时使用最多的词语是"对手"和"罚金"。需要说明的是,在辩护时使用这些词语有助于辩护的说辞,绝对不存在暧昧的意思。他自问道,难道这些年来,我一直误解了法律公正的真正含义吗?在他的人生职场中,第一次质疑职业生涯座右铭的真实性。诸多罚金的判决词颠覆了法律公正的实质吗?此刻,杰玛勒·曼苏尔惊醒了。他带着类似的问题睁开双眼,挣扎着想逃脱脑子里迷惑的羁绊,努力回到各类案件牵扯的现实中。他发现各类案件中存在着很多不可告人的负面问题,诉讼案件中女性委托人在家庭生活中遭受丈夫的背叛、婚内出轨,或背离原配寻求新欢,等等。在他看来,人像西瓜一样冰冷无知,生活中需要的爱慕,辨别真伪表现出的厌恶,背离道德底线的耻辱,全部荡然无存。

收拾完厨房之后,他开始准备煎蛋卷,小心翼翼地穿梭于冰箱和壁炉之间。煎蛋卷做好了,他把它从煎锅里盛出来,放到盘子里,加上几片欧芹做点缀,又在上面撒了些核桃仁碎粒。他取出一个小盘,倒入一点儿蜂蜜,再撕开半张大饼当主食,把这些端到餐桌上准备享用。杰玛勒·曼苏尔的早餐大功告成。每天早上他都要吃这些食物,这样的早餐可以增强记忆力,预防年迈时出现痴呆或健忘的麻烦。

他很满足地吃了一口自己做的早餐，所有的郁闷被一扫而光。突然间，他发现自己曾经忽视了生活当中的许多美好的东西，还有很多没能感受到的幸福瞬间。回顾数十年来的岁月，他认为，跑在前面的不一定是胜者，但是，他自己却是生活的逃跑者。杰玛勒·曼苏尔大学毕业后本来是有资格从事检察工作的，可他果断放弃了，执意要当一名律师。他也放弃了自己曾经感兴趣的写作，全身心地投入到律师行业中。他去聆听其他律师的辩诉，观察法官对案件的反应或评判。为方便工作，他把自己的事务所安置到自己住所楼房的顶层，就这样在家和法院之间来回奔波，一点一点地积蓄钱财，不仅要让弟弟妹妹们顺利完成学业，还要给他们准备结婚礼金。一个孩子的婚事完成了，还要接着准备另一个。

海迪彻发来的消息让杰玛勒·曼苏尔发现自己的生活原来如此美好，这让他激动不已。所有的事情都像做梦一样，美妙至极。他不再在意交通的混乱，路上那些老旧汽车喷出的尾气也不再那么令人厌烦，公交车站台上的人个个都和蔼可亲，曾经让自己恼火的街头垃圾好像也没有那么臭了。交通拥堵、尾气污染、噪音侵扰和公共卫生等关乎民生的事情，已经不是一天两天的难题，这不是政府相关部门缺乏工作效率而产生的后果，相反，它们被认为是为了损伤开罗市民的自尊心而进行的精心设计。开罗街头的小商贩、古玩收购商和伪装成商贩的便衣警察走街串巷，沿街的叫卖声、吆喝声，足以让一个沉睡的人离开床榻。那些人像麻雀一样叽叽喳喳地叫喊，音高和音色各具特点，各式各样的声音不停地灌进人的耳朵,确实是一种折磨。

这么多年来,从家里到法院再到办公室的那条路,杰玛勒·曼苏尔已经走过了不知多少遍,街边的一切都烂熟于心。现在,他所有的心思都集中在海迪彻的身上。他根据她发来的短信的内容,模仿她每天的生活细节,跟着她的行程做上一遍,或者乘出租车或火车去博物馆、城堡、教堂,或者去听音乐会,乐在其中。有时候,他发现要去的地方很陌生,就立刻在地图上寻找;遇到不认识的画家和音乐家,他就搜集相关的历史,了解其艺术风格,时刻准备成为一名忠实的粉丝。

杰玛勒·曼苏尔高高兴兴地离开家去上班。工作期间,他时不时地翻看手机,但整整一天,他都没有收到海迪彻的信息。通常,晚上工作结束后,他会待在办公室,这是他多年的习惯。这一天,他离开办公桌前的椅子,坐到房间里的真皮沙发上,想休息一会儿。他竖起了耳朵,等待着门铃声,等待着海迪彻按门铃的声音。直到深夜,整幢楼断电之后,他才注意到时间已经很晚了。杰玛勒·曼苏尔是最后一个离开事务所的人。周围漆黑一片,他不得不靠着手机的灯光摸索着回到家里。他躺在床上,心里想着海迪彻,辗转反侧,心情非常烦躁,汗水浸透了衣服。他想,她现在一定已经睡了,于是在大脑里想象着她的睡姿、睡衣、睡床,还有房间里的家具,等等。他给她发了一条信息:"一个失眠的人正守护着你睡觉,不让噩梦靠近你。"时间在缓慢地流逝,他竖起耳朵,在黑洞洞的房间中仔细听着手机发出的声响。黎明前,清真寺的宣礼声高声响起,在如此喧闹的环境中,WhatsApp

发来讯息的声音也非常清晰。

"我早早就睡了,一直睡到半夜,现在才看见你的消息。"杰玛勒·曼苏尔给她回过去:"睡得还好吧?我没有打扰到你吧?"海迪彻给他发来:"没有没有。"随后,她给他发了一连串的消息,讲了讲一天里所做的事情。杰玛勒·曼苏尔在昏暗的房间里一个字一个字地读着,激动得心跳不已。他回复道:"要是我能和你在一块儿就好了。"然后,就把信息发了出去。他的心跳开始加速,等待着她的回复。"下次吧。"杰玛勒·曼苏尔看着她的回话,觉得自己跟她的关系又近了一步,便深吸了一口气,感觉自己已经汗流浃背。

嘹亮的宣礼声淹没了海迪彻发来短信的提示声。"我很认真地邀请你,下次一块儿出来。"杰玛勒·曼苏尔打开 WhatsApp 的图标,给她发过去一个亲吻的表情。她回道:"我梦到你啦!"杰玛勒·曼苏尔浑身哆嗦了一下,激动得像是踏上圣地一般,他反问道:"你觉得我很听话吗?"她说:"我梦到的不是你这个人,而是你的名字。我不记得这是不是个好梦。"杰玛勒·曼苏尔对她说:"我也梦到你了,我记得很清楚。"她回过来的是一个系着礼物丝带的爱心。

两个人就这样互相发着消息。他第一次觉得自己像是在打乒乓球一样与人交流。他需要快速出击,并且注意着从任何一个角度发来的进攻。就像他之前在辩诉中做的那样,在打官司的时候,他总要预测法官和对方律师所提出的各种问题。

海迪彻发来的消息让杰玛勒·曼苏尔重拾了自己在语言表达

能力上的信心，他甚至利用双关语，把自己和她带入到了一个亲密的关系之中。当他用几个有些露骨的词来主动出击时，便给这几个词戴上修辞的面罩，加以伪装，突然发现自己进入到了艺术园地中。在这里，他和海迪彻不是一个等级的。海迪彻和自己说起了她对梵高油画的看法，说起梵高作画时发明的着色技艺，分析油画的色彩，还说到博物馆里展示的各种作画设备。

清晨的阳光已经从窗帘后面直射进来，此时，杰玛勒·曼苏尔没有一丝疲倦，也丝毫感觉不到睡意。他让海迪彻发一张照片，看看她现在做些什么，海迪彻对他说："你等一下，我先打开灯。"随后给他发来一张靠在自己床头上的半身照。照片里，她的眼里流露出幸福的滋味，起伏的胸膛在带有蕾丝花边的白色睡衣中若隐若现。杰玛勒·曼苏尔对她说："你真是绝世美人！"她仿佛听到了杰玛勒·曼苏尔在自己耳边呢喃，于是回复道：

"哈哈，我们在Skype[①]上聊吧。"

[①] 微软公司的即时通信软件，具有文字与视频聊天、语音会议、传送文件等功能。——译者注

九

　　一阵急促的电话铃声把海迪彻吵醒了,这是阿兹特打来的电话。清醒过来后,她对阿兹特说:

　　"亲爱的,我才休息了一会儿,你们俩就打电话把我吵醒了。"她扔下电话,倒头又睡了。再醒来的时候,已经是下午两点。她给妈妈和姐姐打电话,都无人接听。她俩大概是早上出去散步了,到现在还没有回来。海迪彻自言自语道:阿兹特怎么能让妈妈处理那些麻烦事呢?她有点担心妈妈的身体,担心她难以承受超过身体极限的负担。这些年,她的年龄越来越大,面容也不如从前那么靓丽了。生活中所有的事情都要亲历亲为,的确会让人憔悴啊。

　　从开始戴头巾起,海迪彻每到一座陌生的城市,最重要的事情就是找一家清真餐厅,尽情享用当地美食。这是她外出旅游,感受当地文化的唯一喜好。海迪彻从床上爬起来,坐在梳妆台前,开始考虑今天的行程。她对着镜子,端详着自己的容颜,忧愁的神色非常明显地浮现在脸上。她拿起放在梳妆台上的手机,逐条翻看信息，却一无所获。这时候，她才发现手机已经快没电了。她插上电源给手机充电，然后眯着惺忪的睡眼走进盥洗室，刷完牙，又迷迷糊糊地坐在马桶上解决身体里积攒的垃圾。尽管海迪彻仍然沉浸在半醒半睡的状态中，但她想了想，还是得去洗个热水澡，免得睡意又把自己的身体重新拉回到床上。

她闭上双眼，一阵睡意再次袭来。为了让自己从睡意中得到解脱，她又去翻看了Skype上的聊天记录。她到现在还不能确定自己到底是在现实中，还是在做梦。她第一次见到杰玛勒·曼苏尔时，他板着一副面孔，没有一点儿笑意，让人心生敬畏。他说的"人的身体中蕴藏着无尽的潜能"这句话，让她感到非常诧异。时至今日，她仍然感到与他交往存在着某种潜在的危险。海迪彻觉得，世间所有的人通常都不愿意把自己真实的一面展现给他人，总是将自己紧锁在黑匣子中或者铅封在密闭的容器里，有人去接触或靠近的时候，才会勉强启封。她开启了杰玛勒·曼苏尔封闭的世界，让一个轻率的人从曾经密封的容器里溜了出来。那个人嘴里的舌头很不安分，一刻不停地舔着嘴唇。她无法阻止他那些古怪的行为，反而有意去模仿他，最终却感到自己所得到的东西一文不值。想到这里，海迪彻不禁打了个冷战，不过，这点儿害羞的感觉瞬间就烟消云散了。"他现在怎么看我呢？"她自问道，"要是有人看到了我和他之间的聊天记录，那该怎么办啊？"她有点儿忐忑不安。她知道，语音和视频聊天的内容都有可能被泄露，有些人或机构专门在做类似的勾当。甚至有人还曾把这类肮脏的行为当作国家之间"战争"的政治武器筹码。

想到这些，海迪彻的心里很烦躁。她离开房间，来到酒店大堂，要了一杯茶和一些点心，坐下来休息一会儿，让自己放松放松。她觉得，这样能让自己的心情好一些。

她坐在那里，看见很多人从酒店的大门进进出出，人们问候和聊天的声音不停地传进她的耳朵。根据他们说话的语气和声调，她大概能够判断出他们的国籍或者他们生活的地区。就这样，海迪彻在酒店消磨着美好的私人时光。

两个女人手挽着手走进了酒店的大门，海迪彻一眼就看到了。她们俩走近的时候，她仔细地打量着这两个人。这时，她感觉心里有些难受，不是因为她没能辨认出走进酒店的两个人谁是母亲，谁是姐姐，而是感觉自己与她们俩似乎很陌生。两人乍看与过去没有什么变化，但仔细一看，她发现阿兹特的面容衰老了不少。她挽着妈妈的手往前走，妈妈的身板显得有些佝偻。之前，海迪彻从来没有注意到妈妈衰老的身躯。妈妈愁眉苦脸的样子，让她显得更加苍老。此时，海迪彻看清了妈妈的面容与体态，看得比任何时候都清晰。如此的不期而遇，如此残酷的现实景象，都让海迪彻本能地想躲起来，但是，她失败了。她必须强装笑颜，以此来驱散内心的不安。其实，她伪装出来的笑容瞬间就消失殆尽了，很快，她就恢复到了原来的状态。每当她因为好奇而询问妈妈一些事情的时候，妈妈都避而不谈，而且会长长地舒一口气，以缓解心中的不畅。或许是因为年长的缘故，妈妈有时会变得有点儿懒惰，很多事情都在应付，时而表现出心有余而力不足的状态。遇到这种情况时，海迪彻也就不再坚持要求妈妈给出答案。

那两个人渐渐走近,海迪彻从座位上站起来,朝她俩跑过去,给了她们一个大大的拥抱。

休息了大约两个小时之后,母女三人一起前往阿姆斯特丹最好的日本料理餐厅享用午餐。海迪彻把那家日本餐厅称为"火焰屋"。餐厅里的灯光比较昏暗,服务员装扮成魔法师,在餐桌前手舞足蹈,摆弄桌上各式各样的调味料,时不时地还会窜出一条火舌。一道道精美的菜肴在被撒上调味料之前,以令人赏心悦目的品相招揽着来自世界各地的食客。海迪彻她们到达餐厅时,服务员在门口迎接,引导她们到餐桌就坐,而且一直站在那里听候她们的各种吩咐。服务员的职业素养让海迪彻赞赏有加,美味的菜肴也让她的味蕾获得了难得的享受。吃饭的过程中,海迪彻一直在不停地照顾妈妈和姐姐。

忽然,她的手机闪了一下,屏幕亮了起来。那是信息进来的提示。她打开手机,看到了好几条信息,有朋友发来的,也有杰玛勒·曼苏尔发来的。为了不影响享用美食的心情,海迪彻拿起手机,顺手丢进了随身携带的包里。

妈妈的脸色看起来没有那么疲惫了,姐姐阿兹特看到海迪彻能理解自己的忧虑,也释然了不少。于是,她们轻松地放下各种烦恼,让自己的身心得到些许休整。吃完这顿早已过了午餐时段的午餐之后,她们准备结伴欣赏阿根廷大提琴家索尔·嘉贝塔的音乐会。索尔·嘉贝塔将在奇宝音乐厅演奏维瓦尔第的曲子。这时,海迪彻提议说:"我们今晚为什么不好好地放松一下呢?"

阿兹特回答说:"你不是喜欢维瓦尔第的作品吗?这个演奏家

水平很棒，奇宝音乐厅也很奢华的。"

妈妈说："你们俩还记得我们什么时候来过奇宝吗？"

姐妹俩面面相觑，妈妈对海迪彻说："当时你只有九岁，要么就是十岁。我们一进来，你就睡着了。你爸爸伸手抱着你，你的头靠在椅背上，爸爸帮你保持那个姿势，让你能睡个好觉。"

妈妈平静地讲述着那天晚上的所有细节。然后，她注视着远方，不再说话了。过了一会儿，她又说道："音乐会结束了，你还没醒。回家时，你又睡了一路。到家之后，你爸爸把你放到床上，你才醒了。"

海迪彻专心致志地听妈妈讲着过去的故事，这与她平时的表现有些不一样。阿兹特躲到了一边，好像在另一个世界里一样。过了一会儿，海迪彻叫来服务员结了账。

回到酒店后，海迪彻偷偷来到阿兹特的房间，姊妹俩继续聊着之前被打断的话题。

"相信我，什么事都没有。"

"我只相信自己。"

姐姐好像也在等待海迪彻的固执追问。骄傲的心气被彻底击碎后，她才肯向妹妹吐露自己的心声。

"我已经决定要离婚了。"

阿兹特开始讲述丈夫的吝啬、傲慢和无理，这些年来，她一直在忍受他的种种恶习。当她发现丈夫在黑市贩卖从大使馆的一位安全人员手上搞到的偷税烟酒之后，便再也不能忍受了。她大声问海迪彻："这一切，你能想象吗？"

讲述这些事情的时候,阿兹特气愤得浑身发抖。海迪彻紧紧地抱住她,帮她打理头发,安慰她,然后问道:"你是在什么时候发现的?"

"婚后不久,我就发现他很小气。"

"你为什么没和我说呢?"

"我不想让爸爸对他失望。生完两个孩子以后,我又十分疼爱他们俩。但是,现在我不能再这样了。"

海迪彻记得爸爸十分欣赏姐夫阿迪力,平常总是叫他"大使阁下"。同时,他也非常看好女儿与这位年轻大使的婚姻,因为他出身于外交世家。

阿兹特完全平静下来之后,海迪彻让她一个人在房间里休息,随后回到自己的房间,随手把包扔到梳妆台上,又脱下连衣裙,扔到椅子上,然后便一头栽倒在了床上。

十

距离上次在Skype上聊天,已经过去了两天,其间杰玛勒·曼苏尔没有收到海迪彻的任何信息。他急急忙忙从法院往家里走,热得汗流浃背。他拿出钥匙,还没等开门,宰乃白已经把家门打开了。她习惯性地抱了抱他,以示问候,然后侧身让出一条道,又随他进了屋。杰玛勒·曼苏尔看见妹妹宰乃白在家,感到非常惊喜。进门之前,他还想着进门后赶紧脱衣冲澡,驱除燥热。宰乃白抢先问他:

"很突然,是不是?"

"你不在家,我已经习惯啦。"

杰玛勒·曼苏尔走进卧室,宰乃白也跟着他进了屋。他把夹克扔在床上,走到衣柜前,打开柜门,躲在门后,脱下有汗渍的衣服。他的妹妹对他说:

"要是有办法像倒垃圾一样把七、八两个月丢出去的话,我现在一定会很幸福的,那样我就不用再想着赔偿的事情了。"

他换完衣服,把浴巾卷在腰上,从衣柜门后走了出来。这时,宰乃白已经去了厨房。

当他从浴室里出来的时候,餐桌上已经摆好了沙丁鱼砂锅,还有按照自己喜欢的口味烧的红鲻鱼,酥脆可口。他把自己最爱的这道鱼推到宰乃白的面前,教她挑选这种鱼的方法。买鱼先要闻味道,买便宜的鱼并不是丢人的事,就像美食评论家们所说的那样:"要相信你自己的舌头,不要听别人的舌头怎么说。"从宰乃白能独自一个人去市场挑选食材那时候起,杰玛勒·曼苏尔就经常给她讲这些常用的生活知识和方法,让她学会怎样挑选优质的沙丁鱼。红鲻鱼的挑选稍微难一些,而他像一只辛勤的蜜蜂一样不断地对她说:"我们不用直接食用鲜花,却能享用到蜜蜂给我们带来的比花儿更甜美的蜜。红鲻鱼以虾为食,所以它的肉里有一股虾的味道。"

他用惊喜的眼神看着宰乃白准备好的沙拉,半开玩笑地对她说:"这次聚会过后,你还要钱吗?"

"不会再要了,我要真诚地面对爱情。"

她微笑着把盛着大饼的篮子放到餐桌上,给哥哥搬来一把椅子,请他坐下品尝她的手艺。

享用了中午的美食后,宰乃白坐在杰玛勒·曼苏尔面前,问他:

"哎!你最近怎么样啊?"

"没什么啊,你想说什么?"

"你确定?"

他试着转移话题,问道:"你说说,什么时候能够确定你的婚期?"

宰乃白没有直接回答他,眼睛一直盯着他看。这是她经常和哥哥玩的一个游戏,可以用来检验他对自己询问的事情的重视程度。发现杰玛勒·曼苏尔不能直面她的问题而且无法给出相应的答案时,宰乃白确信,他这会儿的意识已经神游到别处了。

"她的出现让我寝食难安。"他边说边拿出了海迪彻的照片。他觉得她们两人还没有见过面,给宰乃白看她的照片好像有点不合适,但他还是说道:"在手机里,她看起来成熟一些,也比较丰满。"他知道手机拍摄的照片和真人的相貌存在着一些差异,但他对这张照片还是很满意,这张照片给他留下了很深的印象。并且,他确信他们俩的关系还会有进一步的发展,别人说三道四也不会有任何影响。

宰乃白沉默了很久,一直没有说话。杰玛勒·曼苏尔也没说什么,假装打着哈欠,懒洋洋地走进了卧室,轻轻地带上门,躺在了床上。

他问自己:你究竟想从她那里得到什么?问了好多次,还是没有任何答案。他躺在床上翻来覆去,脑子里不停地回想着一个问题:她突然沉默,不再回复信息的原因是什么?他翻开手机,看着自己发出的一条条信息,那些信息都没有得到回复。

"难道她遇到了烦心事?或者,她是在跟我玩失踪的把戏?"杰玛勒·曼苏尔在心里默默地猜想着各种可能,却始终没有找到比较好的说辞来解释自己所烦恼的事。于是,他把手机放到一边,苦笑了几声,算是给自己一点儿安慰。他无法想象她玩失踪的画面。他不想因为焦虑而不知所措，只能极力控制自己的情绪，忘掉所有不悦，想象着和她在一起生活的美好景象。然而，他在脑子里构思出的一个个美好的场景，都因为虚幻而消失殆尽。他在考虑如何跟自己的妹妹说明这件事情，又盘算着如何面对海迪彻的家人。

杰玛勒·曼苏尔认识的大多数妇女都来自尼罗河与地中海交汇地的一个名叫拜尔宰赫的小镇。那里人杰地灵，女人的相貌相当出众。那些女人和海迪彻年龄相仿，或者稍长几岁。刚做律师的时候，杰玛勒·曼苏尔的年龄比他的委托人的年龄要小得多。后来，他的年龄不断增长，他的委托人却越来越年轻化，年龄大多在三十岁左右——一个离婚率极高的年龄段。尽管如此，他却从未感到他与这些女士之间存在年龄上的代沟。

他的脑子里回忆着那些诉讼案件中的一桩桩生活琐事。那些已婚妇女经常被生活中的焦虑和感情的不和谐所困扰，因而发生了本不该发生的事。生活就是无休止的煎熬啊！这样想着，他又拿起了手机，翻着和海迪彻聊天的信息，一页一页往前翻看，细细品味其中的细节和潜在的答案。

房间里的光线越来越微弱，黑暗已经来袭。宣礼声传入他的耳朵，今天第四次礼拜——昏礼的时间到了。杰玛勒·曼苏尔端坐在床上，用手机给她留言说："今夜就像你的面容一样美丽。"

他盯着手机屏幕看了很久，觉得刚才的信息内容不太好，于是重新编辑了一句"祝你一切安好"，点击发送按键发了出去，然后，他又写了一条新信息："我现在感觉非常孤单寂寞，我从未有过这样的感觉。我很需要你。"

他用手指按住发送的按键，紧闭双眼，就像士兵用枪瞄准一个未被发现的目标，内心却不敢想象目标被击中的那一瞬间。稍稍镇静之后，他还是下决心完成任务。紧接着，他又写了一句"我想吻你"，兴奋的鸡皮疙瘩瞬间布满了全身。他鼓起勇气，点击发送按键，把消息给她发了过去。

时间一天天地过去。杰玛勒·曼苏尔的心里五味杂陈，焦虑、渴望、尴尬，那种难受的状态只有他自己才知道。他左等右等，却等不到任何回音。有一天，他大喊一声："随她去吧！"沮丧的感觉涌上心头。他发誓不再去查看手机，但内心的渴求却依然无法消退。一周后，他正在办公室忙着，手机突然闪了一下，他收到了一条信息。

"不好意思啊，我这里的网络信号太差了，没法及时回复你的信息，现在已经好了。"

他久久地盯着这条信息，明显地觉察到了自己的心跳声。他回复道：

"最重要的是现在已经好了。你回来了吗？"

"昨晚回来的。咱俩什么时候能见一面？"

"现在就可以。"

她发回了一个笑脸的表情。

"看来我们已经习惯了这种舒适的交流方式了。你为什么不问问我怎么样啊？"

"请给我五分钟。"

这时，杰玛勒·曼苏尔注意到，坐在自己面前的委托人已经不再说话，而是注视着自己的举动。于是，他把手机放回到桌子上，示意这位女委托人继续讲述她的故事。他决定在五分钟内把她的事办完，因为这个委托人很啰唆。

杰玛勒·曼苏尔把女委托人送到办公室门外，与她告别。这时，他的手机铃响了。他示意秘书先不让下一个委托人进来。转身进屋后，他在铃声停止前一秒钟接通了电话，听到了她的声音。杰玛勒·曼苏尔激动得语无伦次，说出的话都从嘴里一个字一个字地蹦出来。他询问她消失的原因。海迪彻给他讲了她妈妈心脏病发作被送往阿姆斯特丹医院治疗的经过。从她说话的语气中，他能明显感觉到她像是刚从战场上撤下来一样，非常疲惫。尽管如此，她的言语中仍然透出了满满的幸福感。

"如果你妈妈心脏病发作时在埃及，很可能就不是现在这样的结果了。因为在埃及要把患者送到医院，至少要花五分钟的时间。"

两人聊完之后，约定第二天晚上见面。海迪彻决定自己开车赴约。他挂断电话，兴奋地闭上眼睛，想象着明天会面时的美好场景。过了一会儿，他按铃提醒秘书，下一个委托人可以进来谈事情了。

他站在约定见面的广场一角，等着海迪彻开车过来。她很准时，尽管路上堵车非常严重。车停下后，杰玛勒·曼苏尔打开车门，钻进了车里。一见到她，他就握着她的手，迟迟不肯松手。

"我想死你了。"

"我也特别想你。"

他不知道接下来还能说些什么,却能感觉到自己内心无法言说的激动与喜悦。海迪彻慢慢把车开出几米后,停在了路口和广场交叉口的一块空地上。杰玛勒·曼苏尔亲吻自己前,她左顾右盼了好一阵,确定周围没有窥视的眼睛后,才伸手轻轻抚摸他的手背。杰玛勒·曼苏尔紧紧地抓住她的手指不放,海迪彻则心满意足地任由他抚摸。她注视着他的双眸,等待他主动出击。然后,她挣脱出来,双手紧紧地握着方向盘,把车又往前挪动了几米,打开法语音乐唱片。

这是杰克·布里尔演唱的阿姆斯特丹的歌。

她看着身旁的杰玛勒·曼苏尔,咧着嘴笑个不停。他却激动得面红耳赤。海迪彻的车眼看就快跟别人的车撞到一块儿了,他担心的眼神似乎在说:"赶快停车吧。"海迪彻不慌不忙地拉住他的手,把他的手轻轻地放在自己的手心里,抚摸着,抚摸着。

"你放心,我可以用一只手同时抓住两个大西瓜。"

杰玛勒·曼苏尔抬头端详着她,那张脸年轻靓丽,活力与娇柔并存。想让这样的人成为自己心爱的人,确实有点儿困难啊。车子又慢慢地朝前挪动了一点儿,他看着两车之间的距离,忍不住打了个寒战。海迪彻问道:"要关掉空调,打开车窗吗?"

"随便你。"

海迪彻打开了车窗,一股热浪涌进了车里。一个小孩儿从车外递进来一束茉莉花,海迪彻被突然伸到自己面前的一只手吓了一跳。杰玛勒·曼苏尔拿出十埃镑递给车外的小孩儿,买下了这束茉莉花。海迪彻急忙按下按钮,车窗玻璃迅速地升了上去,那只满是汗渍的小手差点儿被挤了。

海迪彻把车开到尼罗河边,在一家不大的餐厅外面停了下来。他感觉不到时光的沉闷,反而有一丝激动和一点儿羞涩。他从未有过类似的感觉,就像在梦境中穿着睡衣行走在大学校园,或者考试作弊时被抓住那样。

这家餐厅里只有两桌客人,从相貌来判断,他们的年纪都比较大,在那里喋喋不休地说着家长里短。他俩坐下后,一个女人离开了她原来坐的位置,挪到了他俩的邻桌,不停地打量着他们。杰玛勒·曼苏尔感觉这个女人好像认识自己或者海迪彻。其实,她谁也不认识。最后,这个女人对着他俩发出孩童搞怪一般的笑声。

海迪彻发现他有些紧张,便说:"应该紧张的不是我吗?你怎么会这么紧张?"

他抓住她的手,轻轻地抚摸着,然后放到唇边,飞快地吻了一下,又把握在一起的两只手放在桌子上,停了一会儿,随后抚摸着她的指尖。

世间独一无二的纤纤玉指。

它引导着我走向了你。

他兴奋地打手势,还偷偷观察着周围人投来的目光。

十一

妈妈已经病了很久了。海迪彻这次离开家的时间太长,回到家就被妈妈批评了。她低头不语,转身忙着准备自己的考试,还有与负责博士注册的有关部门联系以及面见导师等事情。妈妈责备道:

"你已经没有时间了,你还不如你姐姐让人省心。"

海迪彻已经很久没有和闺蜜们交流了。她们在 WhatsApp 建了一个交流群。一个姑娘在群里发消息说:"海迪彻消失好几天了,是不是该去报警?"这句话引得她们讨论起要如何发掘那些不为人知的秘密。在这种情况下,海迪彻只好无奈地给她们发了一个笑脸的表情。

海迪彻的朋友们明显地觉察到了她的变化。现在她经常和大家玩失踪,不论是她和杰玛勒·曼苏尔单独在一起,还是给他打电话或语音聊天时都是这样。她写论文的时候都心不在焉,精力不能集中,导师对她也非常不满。"如果这几天你还不能提交论文提纲,我会重新考虑今年是否为你进行博士注册。"海迪彻很清楚,导师绝不会多给自己几天时间。所以,她马上打开电脑里的文件,从中寻找有助于写作的素材,想看看能不能找到什么有用的文献资料。

她听着自己和一位老法官对话的录音。法官说:"建筑是司法制度的重要组成部分。当一名法官走过高柱林立的大厅时,他会觉得身处一座神庙,而他自己俨然成为一位首席大祭司。登上法官席位的时候,他也会感觉自己和台下那些吵得不可开交的人必须保持一定距离,并且要以公正宽容的态度对待他们。法律对人的宽恕来自造物主的属性。难道造物主会憎恨那些不走正路的人吗?"海迪彻用微弱的声音答道:"绝不。"老法官又继续说道:"有了这种升华和宽容的感觉,审判席上便会一片和谐。或者就像我们说的那样,法官的荣耀就是得到前来打官司的人的信任。司法部门的建筑,就好比法官的言辞或衣着,一定要一尘不染,同时还要气势磅礴。"或许因为说得太多了,这位老法官感觉有些气短。他深深地吸了一口气,继续说道:"这些都需要做适当的整合,如果建筑物低矮而且不那么庄严,法官的荣耀就会被隐没,台下的人也会对他失去信任。在这种情况下,法官的威严就会被削弱;而这时,或许就会有人出来捣乱,就像电视里表现的那样,加入到肮脏的政治斗争之中。"

海迪彻曾经对杰玛勒·曼苏尔说,她要和导师见面,商谈博士论文写作的框架。她用英语描述她的导师:"他很帅,也特别有智慧。"杰玛勒·曼苏尔听到这样的描述后,心里感觉不太高兴。海迪彻继续记录着和老法官的对话。那位法官是一位儒雅的老者,都快一百岁了，对人和颜悦色，对事满怀热忱。她浏览着自己存储的图片和记录的笔记，满怀信心地从这位老先生身上汲取到了学识的力量。她打开论文资料文件夹，翻阅了一下之前所写的内容，发现那都是一些支离破碎的素材，心里不免有些不安。她不知道如何重新撰写论文大纲，因为和杰玛勒·曼苏尔约会的场景就像放电影一样，在她脑海中一遍又一遍地旋转，她的眼睛根本看不到电脑屏幕上的内容。

当然，"用一只手无法同时抓住两个大西瓜"。最终，海迪彻还是抵抗不住情感的考验，她败下阵来，离开书桌，走向了床榻。她闭上眼睛躺在床上，学着瑜伽的样子，试图清空脑海中的所有想法。她本来想强迫自己从情感的困扰中解脱出来，让自己恢复平静，但这样做的结果却适得其反。她感觉自己越陷越深，只能无奈地抓耳挠腮。

"他正在干什么？"她的脑子里冒出了一个在恋人间很平常的疑问。她能够感受到杰玛勒·曼苏尔看见她时的那种喜悦。每到这时，他就会两眼发光，信心满满，而且无比自豪。她觉得他是一个可以让自己托付终身的人。他温文尔雅，做事非常谨慎，而且很会察言观色；两人走路的时候，有时他会先于自己几步，或者走在自己身后。在她看来，这些简单的举动不能算作文雅客气的行为，她明白，他这么做，是为了不让别人插在他们中间。她能感觉到他的孤单。她会告诉他自己心里的秘密：她喜欢一个敢于在法院里仗义执言而且充满正义的人。他利用法律武器为委托人争取最大的利益，却并不在乎自己享受生活的权利。

她感觉喉咙有点儿干,想榨一杯果汁来缓解一下喉咙的不适。她起身走向衣柜,脱下短裤和衬衫,开始挑选睡衣。她顺手拿起在印度孟买购得的一件黑色镶金睡衣,穿上之后在镜子前走了几步,觉得还是纱丽款的睡衣更好看。

她披散着垂到双肩的头发,心里大喊了一声:"我太幸运了!"她回想起某天晚上,她搂着杰玛勒·曼苏尔在穆阿兹大街上散步。他们亲昵的举动被一个愚蠢的小孩儿看到了,那个孩子发出了一声嫉妒的狂叫。杰玛勒·曼苏尔盯着这个带着坏笑看着他们的孩子,高兴地哈哈大笑,感谢那个小孩儿对他的挑衅。她还记得,他们俩坐在菲沙威咖啡厅享受美好时光的时候,他看上去活力四射,意气风发。"当时我真想给他十埃镑,让他再喊一遍。"杰玛勒·曼苏尔凑近海迪彻耳边低声说。海迪彻带着享受的表情靠在他的肩头,侧着脸,用双唇轻轻地咬着他的耳垂。杰玛勒·曼苏尔又是惊喜,又是害羞。

海迪彻把礼服套在衬衫外面,朝屋外走去。妈妈和朋友们交谈的声音传到她的耳朵里,她被吓得赶紧回到屋里,转身从楼梯上溜了下去。妈妈邀请朋友们来家里共进晚餐的事情,她已经忘得一干二净。

她还没走到最后一阶楼梯,那些阿姨们就已经过来跟她打招呼了。不得已,她只能转身拥抱她们,欢迎她们来家里做客,又与她们坐在一起交谈了一会儿。让人无语的是,她们总是要提出一大堆问题,而且每次来都会问同样的话题,比如说婚恋问题啊,为什么拒绝妈妈张罗的相亲啊,等等。这次,海迪彻斩钉截铁地回答说：

"等找到合适的人再结婚吧。"

她说了声抱歉，赶紧溜进厨房，打开冰箱，挑了几个水果，给自己做了一杯混合果汁。

她端着自己榨的果汁走回房间，坐回到电脑前翻看相册。

突然，手机屏幕亮了一下，她收到了杰玛勒·曼苏尔的一条短信。"我想你了。"对话框里只有这么一句话。海迪彻用英语回复说："I miss you（我想你）"，随后感到脸上莫名地一阵发热。她看了一下手表，时间还不到九点。于是，给他发了一句："我现在出发。"她没有等他的回复，站起身，换好衣服，匆匆离开了家。

杰玛勒·曼苏尔好像一直站在门后等着她。海迪彻还没按门铃，他就把门打开了。海迪彻走进来，用后背使劲关上门，然后径直扑过去，踮起脚尖，搂着他的脖子，深深地吻住了他的双唇。

"吻我。"

她红着脸，轻声说道。杰玛勒·曼苏尔以男子汉特有的激情用力地吻了她。

"哦，吻我。"

她再一次这样请求。杰玛勒·曼苏尔让她沉浸在了无限的享受之中。他搂住她的腰，深吻她的脖颈，吮吸她的耳垂。海迪彻急切地回应着他，用嘴含住他的上唇，使劲咬了下去。他发出一声惨叫，然后挣脱出来。这时，杰玛勒·曼苏尔听到门外的楼梯上有动静，便带她走进了办公室，关上了门。她伸出食指，轻轻地擦拭着残留在他嘴角的血迹。她不由自主地松开了抓住他的手，似乎能感受到他的痛。他让她坐在沙发上休息,顺势坐在她身旁。海迪彻把头靠在沙发上,舒服地伸开两条腿,搭在他的腿上。他给她脱了鞋子,深情地打量着泛在她的嘴角和下巴上的一抹红晕。

海迪彻坐着,双臂勾住他的脖子。他站起来,面对着她,咬住她的嘴唇,又抱着她转了一圈。然后,他伸手去拉连衣裙的拉链,她没有阻止。他起身端详着这一尊绝美的塑像,眼前这个曼妙的身段勾起了他的欲火,他留下了自己的吻。

他低头亲吻着海迪彻裸露的后背,并一直盯着他留下的吻痕。海迪彻挣脱了他的手,跳到沙发上,面对着他站在那里。她搂住他的头,用自己的下巴抵住他的头顶,深深地呼气。她感觉他的下巴已经碰到了两只白里透红的大桃子,他垂下头,伸出舌头,不断地挑逗着,并开始脱自己的衣服。海迪彻按住他的手,细声细语地说:

"我还是个处女。"

听到这句话,杰玛勒·曼苏尔停住了手,看着她,很快又转回到刚才的兴奋状态。尽管青春期那会儿他就已经知道了一切,但他从来没有尝试过这种美妙的游戏。这时候,他感觉自己又重新回到了早已逝去的青春时代。

他们俩谁都不想说话,只是四目对视。海迪彻又回到了沙发上,他紧挨着她,牵着她的手,仔细打量着她的每一寸肌肤。她问道:

"你有我们喝过的那种茶吗?"

"你不适合待在厨房。"

"你所有的地方都适合我。"

她起身后,杰玛勒·曼苏尔把她带到小厨房,在电水壶里灌满水,又洗了两个玻璃杯。她从背后抱住他。他的眼睛却看到了那扇可以俯瞰天窗的小窗户,于是急忙把它关上。

他们端着两杯茶回到屋里,面对面地坐在书桌前的凳子上。他问她博士论文写得怎么样了,发自内心地鼓励她。她向他倾诉自己所有的事情,他也对着她诉说着自己过去生活的一切秘密,包括未曾向任何人透露过的事情。她看着他深邃的眼睛,轻声说道:

"我不敢想象,未来的生活中如果没有你,会是什么样子。"

十二

杰玛勒·曼苏尔做了一个噩梦,醒来后感觉筋疲力尽。尽管如此,他还是给海迪彻发去了一条问候的信息:"早上好。"不一会儿,他就收到了她的回复:"早上好啊。"这样简单的问候,足以冲淡噩梦的影响,他的心情好了很多。随后,两个人一直这样互发消息,述说着彼此之间的相互关切。

从她回复的信息当中,能够明显地感觉到她的心情很愉悦,这让他坚信,自己说的话对她产生了影响,他不再需要向她强调自己所说的话的真实性。这是他第一次发现语言和现实之间存在着完全匹配的可能性。

他看了看手表,一骨碌从床上爬起来,又以告别的语气给她发了一条信息:"我怎么睡到了这个时候?"几分钟后,他一路小跑奔向楼梯,希望能赶上今天的诉讼听证会。结果,他发现自己那辆汽车的一个轮胎没气了。为了按时赶到法庭,他已经没有时间发牢骚。他请求门卫帮忙换轮胎,自己则叫了一辆出租车。他发现,通往法院的这条路被各种车辆堵得死死的,看来今天上庭肯定要迟到了。可是，杰玛勒·曼苏尔却非常镇静，他不慌不忙，不急不躁，反而一直在脑海里盘算着"什么时候能再见面，在哪里见面；如果能见面，该穿什么衣服"等一系列有关约会的琐碎事情。

一直以来，他对自己的形象都很在意。海迪彻出现之后，他在别人眼里的形象更是成为困扰他的一个心病。他更加重视自己的身材，还制订了健身计划，决心要让西瓜似的肚子缩小一半。他不希望自己的外表配不上那位洋娃娃一般的美人。每次和她见面之前，他都要长时间地站在镜子前面，端详自己的脸，然后发出由衷的感叹："要是有一种减肥手术，能让自己变成三十岁年轻人的样子，那该多好啊！"他将两手放在腰间，用力向肚脐方向推，让双手的手指在肚脐处相汇，测试肚腩尺寸的变化。他希望肚子上的赘肉能消减一些，让海迪彻看到自己苗条的身材。

以前，杰玛勒·曼苏尔经常使用"苗条"这个词。在他的词语库里，苗条的另一个含义是"轻盈"。因为他精于使用修辞，且被认为是这门学科知识研究的翘楚。但在海迪彻眼里，他的身材是非常完美的，没有人会认为他身材臃肿，更不会关注他的容貌。他不像很多男人那样，热衷于打听那些生活在夹缝中的女士们的生活情况。正因为他特有的职业操守和工作能力，很多女性委托人都会给予他相应的诉讼酬劳，并衷心感谢他的职业风范。所有这些都使海迪彻铁了心要和他在一起。他无时无刻不在海迪彻的脑海里，他是她心里的唯一选择，除他之外别无他选。然而，对于杰玛勒·曼苏尔而言，他能够分辨女人们的惊叫声，那种声音里混杂着报复的色彩和信号。但海迪彻的声音听起来不仅悦耳，还很美妙。

为了能让自己变得苗条一些，他不断寻找各种减肥的方法。他在城里的街道上跑步，忍受着呼啸而过的车辆高分贝的噪音。不过，每天跑步时，他都会留意遍布开罗城的各种美丽建筑和雕塑，畅游其中，犹如梦境一样美好。

他生活的社区里面，小巷蜿蜒曲折，环境非常幽静，建筑也很有特点。年轻人常常发挥自己的想象力在屋顶涂鸦，那些涂鸦层层叠加，显现出了浓厚的暴力色彩。不过，杰玛勒·曼苏尔却在这里发现了与那些涂鸦色彩迥异的威严和沉稳。每次和海迪彻约会，他都能重新发现夜晚城市街道的特点，还有那些原来未曾关注到的细节。即便是走在每天上下班都会经过的路上，他也能发现许多新奇的地方。他们的约会总是随心而动，没有特定的目标，没有固定的路径，无论漫步在城市的哪个角落，都兴趣盎然。他俩常常会在咖啡馆或餐厅里消磨时光，不知不觉就到了半夜的打烊时分，然后心满意足地回家。

清醒时的快乐并不是没有代价的。每当躺下来休息的时候，他的脑子里总是混杂着一些离奇的梦境，惊醒后，却又忘得一干二净。要记住那些断断续续的梦是一件很困难的事。在梦里，一辆疾驰的汽车朝他撞过来，或者有一条疯狗扑向他，他却一步也挪不动，感觉自己快要窒息了，连一句"救命"都喊不出来，真是悲伤至极。只有梦见海迪彻时，才会出现两人追逐嬉闹的快乐场面。

一天晚上，他俩一起去一个花园参加一个青年合唱队举办的谢赫·伊玛目歌曲演唱会。下车后，海迪彻挽着他的胳膊往前走。她对他说：

"给我讲讲你做的梦吧。"

他朝路上的行人看了看，说：

"先去参加演唱会吧。"

尽管他的目光转得很快，但她还是注意到了。她把手从他的胳膊中间抽出来，央求道：

"哎呀，这不会影响我们说话的。"

杰玛勒·曼苏尔小声说道：

"我昨天在梦里见到你爸爸了。"

他看到一群小孩儿跑了过来，那群孩子经过他们身边，跑向树林里那条昏暗蜿蜒的小道，直奔会场的方向。杰玛勒·曼苏尔继续说道：

"我在那个生锈的电梯前亲了你一下。我原以为那是政府部门的大楼，但是我突然意识到，那里是你的家。那时候，刚好有一个男人路过那里，看样子他很生气，却没说什么。我从他的眼神里感觉到，他就是你爸爸。"

"但愿他能回来打我们一顿。"

杰玛勒·曼苏尔从她的声音里感觉到她有点激动，便不慌不忙地给她描述了那个男人的相貌：身材消瘦，棕色皮肤，有些秃顶。

"那个人不是我爸爸。你好好想想，他到底是谁？或许是某位拜尔宰赫妇女的丈夫。"

她挽起他的胳膊，走了一会儿，又甩开了。他俩循着歌曲的声音走到了会场，挤进人群中间。杰玛勒·曼苏尔效仿年轻人的样子，开始欣赏悠扬的歌曲。他搂着海迪彻，以免他们被挤到别的地方。

合唱队的人在齐声高歌。杰玛勒·曼苏尔感觉这种演唱方式很新鲜，也很有特点，它考验的是每个队员的业务素质与彼此的合作能力。他暗暗想着："观众里没有一个人去关注演唱者的外表，也不会对他们的举动产生厌恶的感觉，因为他们的歌声太有吸引力了。"他仔细观察着那些年轻人，他们留着长发，梳着马尾辫，也有人把头发剪成一个圆圈，从远处看，就像一个"〇"。他们穿着五颜六色的衣服，有的甚至穿着短裤或连衣裙，打扮成了女孩子的样子。他们有的戴头巾，配牛仔裤，有的裸露着胳膊，或者穿着肉色紧身衣。在灯光下，这种衣服看起来和裸体没有多大差别。

富有活力的歌声紧紧地抓住了杰玛勒·曼苏尔的心，他专注地听着专业合唱队的演唱。那些看演出的人也时不时地和合唱队一起齐声高唱："谁能囚禁埃及一个小时？""在农场上建造一座宫殿。"杰玛勒·曼苏尔也被激情澎湃的歌声所感染。他紧紧地搂着海迪彻，和身旁的孩子们一起纵情高喊，仿佛已经和这个庞大的青年群体融为一体，重新回到了大学时代的青春岁月。

在回去的路上，他手握方向盘，一句话也没说。他想："这些歌曲的火爆能延续到什么时候呢？"年轻人的喊叫，发泄出来的是愤怒，而不是享受。

杰玛勒·曼苏尔把车停在了她回家的十字路口。下车前,海迪彻抓着他的手问:"喜欢我吗?"

"我们能在一起就够了。"

十三

阿兹特确定了回国日期和航班号之后,海迪彻便开始准备迎接姐姐。她到别墅打扫卫生,布置房间,调试空调,还腾出一个房间给孩子们居住。海迪彻很高兴地为姐姐介绍她所做的各种准备工作,期待姐姐对此做出的反应。她并没有提到准备过程中遇到的各种困难。阿兹特听完她的讲述之后却没有说话,她明白,这都是海迪彻在知道了自己的生活窘境之后刻意装出来的。于是,她安慰妹妹说:

"你不要觉得有什么遗憾,你已经做了该做的事,真是太棒了。"

"不会的,我的好姐姐。能亲手替你收拾房间,是我最高兴的事。"

其实,这时候并不是一位离异女人回家的最佳时机,因为这个学期马上就到期末了。每天早上,海迪彻都要先送孩子去学校,然后再回姐姐的住所,尽可能地和她多待一会儿。她经常带着两个外甥出去游玩。平时,这两个孩子的妈妈对他们的管教非常严厉,所以,他们俩也从海迪彻身上感受到了久违的母亲的温柔。

到了晚上，海迪彻还要出去和杰玛勒·曼苏尔约会。他最近太忙了，整天都在准备司法行业的年度总结。

两人在一起的时候，海迪彻已经精疲力竭，他却依然生龙活虎，没有一点儿疲倦感。通过最近一段时间的接触，海迪彻加深了对他的了解。她注意到，他经常去人多的地方休息，大部分时间都会选择贵宾区，因为在那里，他不会被审视的目光所干扰，心情更加愉悦。她喜欢去别墅花园一楼的扎马利克餐馆吃饭，和杰玛勒·曼苏尔在办公室约会时除外。他更喜欢选择一家名叫"铃铛"的餐馆，在那里抛开所有烦恼，享用美食，品一杯果汁，心情也相当不错。这家餐馆的光线比较昏暗，大厅里几乎没有多少光亮，因此，花园帐篷里的烛光显得格外耀眼。餐馆大厅里歌声喧嚣，舞步狂野，发生在其中的一切并非都是那么美好。有时，他顺着别人的目光看向一边，她也跟着他的眼神瞧一瞧，欣赏着彼此的爱好。一天晚上，海迪彻突然用英语问他："你觉得我性感吗？"

这个问题让他猝不及防，他结结巴巴地应和了一声："秀色可餐啊。"海迪彻却似乎质疑他的应答。

他俩来到餐馆大厅，天南海北地聊着。歌声响起的时候，很多客人离开餐桌，走进了舞池，随着舞曲的节奏扭动着臃肿的身体。这种情景着实让杰玛勒·曼苏尔大吃一惊。他停下了聊天，眼睛直勾勾地看着那些扭腰晃臀的舞女，同时也在观察她的反应。海迪彻想了想，对他说："年龄应该不是妨碍咱俩在一起的唯一因素吧？"她的问题再次让他吃惊。摇曳的灯光下，她皱着眉头。杰玛勒·曼苏尔心平气和地跟她说着与她度过的幸福时光，她的出现,她说的每一句话,做的每一件事,都让自己感觉很满足,除此别无奢求。

很多女人最骄傲的事情,就是用丰满的胸膛展现青春的魅力,海迪彻却完全不是这样。杰玛勒·曼苏尔说话的时候,因为紧张而有些结巴,但他并没有忘记偷偷瞄上几眼舞台上的舞者。

她好像没有听清杰玛勒·曼苏尔说的话,从表情上看,他刚才说话时很激动,而且,他在努力地大声说给她听,但是,他的声音无法盖过大厅里的喧闹。她继续问道:

"我问你,人的身体哪个部位最有吸引力?"

杰玛勒·曼苏尔给了她一个飞吻,她不再说什么。过了一会儿,她看了一下手表说:"现在很晚了。"然后冒出一句英语:"我们该走了。"

海迪彻到家时,家里已经安静得没有一点儿声响。她回到自己的房间后,脱去了外套,觉得已经没有力气去清理衣服,便走到床前,仰面躺了下去。

其实,她的身体没有自己想象的那么累,倒是精神上有些疲劳。她像调查员翻看监控录像一样,开始回想让自己恼火的那些时刻。她在心里想着:"我的做法有错吗?难道是我过分解读了他的眼神?"

她听到了手机推送信息的声音,顺手把扔在床上的手机拿了过来,翻看着 WhatsApp 上的消息。"我到扎姆阿尼城了。"她把手机放回到床上,但手机里又传来了推送消息的滴答声。她现在没有心情去看那些信息。她在仔细回想两人相识以来每次见面的场景，回顾浪漫的晚间约会以及互发消息时的内心喜悦。

他有时很自我中心，似乎忘记了世间的所有事情，滔滔不绝地说着自己想说的事，而且总是花言巧语，把她一个人晾在那儿。但她询问他时，他又表现出很无辜的样子，这让她很是沮丧。她知道他正在努力克服这些不足。然而每当他俩到了某个地方的时候，他总是不由自主地四处张望，心不在焉，和别人谈论她的时候，他也似乎在用一种恳求的语气让别人接受他俩在一起。

他不会用甜言蜜语去哄她，而是常常使用自己的某种语调。他俩通话或单独在一起时，他会用"亲爱的"这个词。然而，那样的语境和在大庭广众之下说出来的意思确实有些不一样，在外人面前，他的话语感觉没有什么激情和温度，有点儿冷冰冰的，好像是在对大家说："这是我的女儿。"有时，她也会对杰玛勒·曼苏尔发脾气，大喊着："我不是小孩子，问题出在你的身上。"但说完之后，她很快就会向他道歉，因为她知道，他需要付出足够的努力才能跨过这道坎，不能急于求成，也不能强迫他。他需要时间才能慢慢进步。

她并没有对此绝望，也没有强迫他改进的想法，她对这些已经习惯了。她还在做着自己喜欢的事。她在嘴唇上涂抹了一种当地的天然黑色唇膏，把眉毛修成柳叶形，穿上了加厚型填充文胸和长款连衣裙，配上了一双高跟鞋。她不再为夜晚约会的事感到沮丧，只为醒来后看到的令人愉悦的消息而感到欢快轻松。偶尔她也想做一些超越传统约束的行为，毫无保留，但是，她最终还是守住了自己的底线，身不离家，头不离枕。不过，今天约会时见到的事情让她明白了身体的哪个部位最能让人骄傲自豪。每次见面，她都无法预料他猝不及防的言辞，有时突然冒出的一句话，会让她彻底摸不着头脑。她快被眼前这个闷葫芦男人弄晕了，她甚至感觉，他用手机发给自己的亲吻表情比晚上约会时的亲吻还要火辣。

她辗转反侧，难以入睡，一直折腾到半夜两点多。她想起了在阿姆斯特丹时用手机和杰玛勒·曼苏尔联系时的约定："下次旅行，我们一起。"她觉得自己终于找到了解决问题的方法。她心里默默地想着："在旅行中，可以让他彻底释放自己。"

她设想着一个了不起的旅行计划，不免觉得有些兴奋。

八月是出行的最佳时间。

她开始寻找可以外出旅行的各种理由。她在网上查找有关建筑特别是法院建筑的学术会议或者研讨会的信息。幸运的是，意大利罗马萨皮恩扎大学建筑学院将要召开"神之建筑和人之建筑"的学术研讨会。

她对这个议题很感兴趣。这个研究可以从不同的历史时代和世界文明的视角，关注各地庙宇、陵墓和居民建筑的特点及功能，并开展比较研究。她想了想，罗马应该是唯一合适的避暑胜地了。要想玩得好，就需要对罗马的名胜进行比较选择。科莫湖和卡普里岛是首选的两个去处。比较而言，科莫湖周边可以闲逛的好的去处并不多，尤其缺少适合晚上游玩的地方。而卡普里岛却很热闹，受到世界各地游客的青睐，那里也是她自己八月份计划旅游的首选地。她喃喃地说："要是卡普里岛的热情都不能唤醒他的话，那么，他恐怕很难改变了。"

十四

在罗马机场,送他们去酒店的司机介绍说:"我叫阿尔布托。"

握手问候之后,司机让他俩在大厅出口处稍等片刻,自己去开车。

杰玛勒·曼苏尔望着远处,海迪彻拉着他的手。两人站在人行道的一旁,给身后的客人腾出足够的通行空间,以免被其他人抱怨。两人就这样站在那儿,看着天边的方向。

"这就是我梦想的风光。"

他给海迪彻讲过美国电影里的意大利风光,这些已经深深刻在了他的脑海里。

当电影里的画面转到意大利的时候,银幕上出现的全是这样的风景。

一场小雨过后,大地变得湿漉漉的,空气中弥漫着臭氧的味道和湿润潮热的气息。杰玛勒·曼苏尔放眼望去,想要去寻找让他怀旧并且沉浸其中的秘密。他大喊一声:

"我找到了!"

海迪彻看着他兴奋的眼神,也像受到感染一样,立刻看了过去。霎时间,她先前的沉稳心态已经烟消云散,兴趣盎然地问道:

"亲爱的,你发现了什么?"

"我的童年。"

杰玛勒·曼苏尔轻松地回答道。他闭上眼睛,垂下的眼皮像投影机一样回放着过去岁月的美好记忆。童年的时候,他和小伙伴们在大雨中奔跑,母亲在身后追着他,拿着一件羊毛衫叫他穿上。他脑海中的那个场景,是充满活力的。在他的记忆中,母亲永远都带着一张笑脸。其实,她那会儿也已经不算年轻了,而且因为肾衰竭,身体日渐消瘦。她去世的时候,体重和一个小孩儿的重量差不多。

他激动地讲着那些往事。海迪彻轻轻抚摸着他的手,等着司机过来。那个司机来得有点慢。他把车开过来,又从车上下来,把行李放进后备箱,很有礼貌地给海迪彻打开了后面的车门,然后自己才回到驾驶室。杰玛勒·曼苏尔绕着车走了一圈,从另一侧的车门进去,坐在了海迪彻身边。汽车启动了,穿行在机场附近蜿蜒的小路上,不一会儿就上了高速公路。道路两旁或是绵延不绝的群山,郁郁葱葱的树林,或是广袤无垠的草原,一眼望过去,到处都是绿色。

汽车在十字路口的红绿灯前停了下来。阿尔布托通过车内的后视镜看着他俩,问杰玛勒·曼苏尔:

"这是你的女儿?"

杰玛勒·曼苏尔有些惊慌失措,但还是给出了一个肯定的答案:"是的。"

阿尔布托觉得他这种慌张的回答有些令人费解,他盯着他俩左右打量,神情有些复杂。出于职业习惯,司机并没有盯着后视镜看多久,很快就朝着前行的方向看过去,调整方向盘,准备再次起步。可是不知怎么的,杰玛勒·曼苏尔感觉很难堪,有些羞愧难当。海迪彻意识到了这一点,朝着他挪了挪身子,两人紧挨在一起。她弯起胳膊搂住他的脖子,让他的脸靠近自己。杰玛勒·曼苏尔把她的胳膊轻轻地放下来,眼睛眨也不眨地直盯着司机。海迪彻温柔地牵过他的手,十指相交,顺势放在自己的大腿上。然后,她悄悄地对他说:

"你为什么不跟他说这是我的未婚妻,或者太太?"

"这和他没关系。"

绿灯亮了,阿尔布托驶入超车道,越过同行的车辆,进入右侧车道。他又看了看后视镜,和他俩的眼神撞在了一起。杰玛勒·曼苏尔慌忙地把手抽了出来。阿尔布托问他:

"从开罗来的?"

海迪彻答道:

"是的,你去过那儿?"

"希望有一天能去看看。我和家里人在沙姆·沙伊赫待过两年,那里的生活太舒服了。现在那里还有新开的旅游景点吗?"

海迪彻用英语和他交谈着,她说的英语,带有拖着长长尾音的意大利口音。阿尔布托看了一眼后视镜,对她笑着说:

"你说的是我们国家的英语,很有味道。"

海迪彻说，自己十分喜欢意大利语，然后又和他说了一句意大利语。

"说意大利语也没问题，我真的很喜欢意大利语。"

阿尔布托笑了笑，用意大利语和她继续交谈。杰玛勒·曼苏尔一言不发，从她手里抽出了自己的手，转头看着车窗外高耸的松树。那些树木的树冠像是一个硕大的西兰花。车速渐渐地慢了下来，已经快到市区了。过了一会儿，汽车就驶入了繁华的市中心。

杰玛勒·曼苏尔在酒店前台翻找预订房间的订单，抑制住满心欢喜。在一旁的海迪彻却面露愠色，一声不吭。海迪彻看了看他，又看看前台的接待员，压低声音说道：

"杰玛勒·曼苏尔！我的脸都红了，我想要一个私人空间。"

接待员捂住嘴笑了笑，海迪彻感觉有些好奇，便问她：

"你会说阿拉伯语？"

"我是黎巴嫩人，二十岁就来到这里生活了。"

她把护照和两张房卡递给他俩，说道：

"欢迎二位。"

在电梯里，海迪彻踮起脚抱着他，杰玛勒·曼苏尔任由她摆布。电梯在他们预订房间的这一层打开。走出电梯，他俩沿过道查看房间号，确定与房卡上标注的房间号码一致，就打开了房门。海迪彻替杰玛勒·曼苏尔打开房门，径直走过去，帮他拉开窗帘，又顺手给他指了指，让他俯瞰一直延伸到地平线的开阔视野。

"你看，这是巴勃罗广场，后面那片树林就是博尔盖塞公园。"

杰玛勒·曼苏尔把她拽了过来,让她的头对着自己,企图去吻她的唇,但她机智地转过脸,让他带着温度的嘴撞到了额头,轻轻地,优雅地。然后,他用手托着她的下巴,看着她的眼睛,把脸贴了过去,用舌尖挑逗着她的鼻尖,又用胳膊搂住她,咯咯地笑着。两人移动到了床边。就在这时,房间的门铃响了。她起身开门,虽然她的手背到了身后,但红润的脸上却掩盖不住刚刚亲热过的痕迹。她让搬运工把杰玛勒·曼苏尔的行李放到指定的地方,再带着另一件行李跟自己去另一个房间。

杰玛勒·曼苏尔关上门,站在镜子前面端详着自己。他往前走了一步,想仔细看看这张变得有些陌生的脸。自从认识海迪彻之后,自己的变化太大了。每次他在镜子当中看到自己,都好像是第一次看见一样。"喂,你是一个老头子,老头子!"他后退一步,再退一步,审视着时光流逝的残酷痕迹。他停下来,转了半圈,看看能不能让自己显得更年轻一些,同时,他也想看看自己的外表是否还有吸引力。

他坐在床边,想观察一下房间的布局。他看着镜子,从这个距离重新审视自己的容貌,试图重新认识镜子里的杰玛勒·曼苏尔,一位他所熟悉的律师。"你,就是你。"他对着镜子里的自己大声说道。他想肯定自己在旅途中是一个真实的存在。海迪彻和自己说要一起去旅行的时候,他高兴得马上就同意了。他突然感到身体有一些麻木,或许是对自己和她的情感问题感到了困惑。他一方面感谢她打开了自己的眼界,让他重新审视自己的工作和生活;另一方面,他也感到有些恼怒。只要和她单独在一起,他就感到自己活力四射，青春荡漾。他已经迷迷糊糊地活到了五十八岁，已经越来越老了，可是，他还没有找到能让自己重新认知生命意义的知己。所以每当面对她时，他都会感到恼怒，感叹自己青春不再。每当她伸出手的时候，他俨然已经成为一个盲人，而她却试图改变自己隐藏在内心深处的很多东西。

此时此刻，杰玛勒·曼苏尔不稳定的情绪都表现在了自己的行为之中，一切都变得失控，而且难以预料。他深深地叹了一口气。他想马上去见海迪彻，让她停下手里的事。可是，海迪彻过来和他见面时，他又表现得不温不火，有时甚至做出与心意相反的举动，找出无数个借口来逃避约会。当他发现自己疏远了她，便又望眼欲穿地等待着她美丽的面孔突然出现在眼前，自己也随即沉浸在无限的喜悦之中。可是，和这一切相伴而来的，还有他紧张的神情，他总是神情涣散，左顾右盼，似乎总是在提防自己认识的熟人。不知道他在看什么，或许，他是在巡查有哪位猥琐男在引诱无知少女？

他站起来，走到衣柜前，脱下衣服，又把衣服小心地挂了起来。现在他赤裸着身体，站直，倒吸一口气，把肚子压缩到最大限度，让身材看起来还算匀称。他做了一个深呼吸，弯腰去拿行李，把里面的东西取了出来。他走进浴室，站在淋浴花洒下面，身心愉悦地在黑暗中洗了个澡。然后，他擦干身体，穿上睡衣，走过去拉上窗帘，让房间沉浸在黑暗中。他躺在床上，闭上眼睛，开始数数，从一数到一百。这是他的一个习惯，每当倦意来袭，他都会这样做。但现在，他的头脑很清醒，于是，他静下心来，倾听着房间里寂静的声音。

十五

　　海迪彻给妈妈打电话,说自己已经到了,让她不要担心,随后跟她聊起了这家酒店以及这次学术会议。妈妈问她:
　　"会议什么时候开始呢?"
　　"早上十点。"
　　妈妈有些遗憾地说:
　　"我应该跟你一块儿过去。"
　　"妈,你要是来的话,肯定会觉得无聊的,会要开一整天呢。"
　　海迪彻打完电话,心情十分舒畅。她把电话放到梳妆台上,把脱下来的连衣裙挂在衣柜里,然后打开了行李。箱子里的衣服够她在罗马穿几天的,她取出几件挂在衣柜里,又拿出了几件化妆品放在梳妆台上,再取出随身携带的洗漱用具放在卫生间。她穿上浴袍,走进浴室,打算把卫生间清理一下。她拿出随身携带的清洁手套,用塞子堵住浴缸的排水口,往里面倒上了一瓶酒店提供的免费洗发水,接上水,把浴缸清洗了一遍。然后,她打开水龙头，往浴缸里面注水，把浴缸里的泡沫冲了下去。这样细致地清洁一遍，是想让自己能够安心使用。

随后，海迪彻打开浴缸的水龙头，把水温调好。她脱下衣服，戴上塑料浴帽，以防头发被弄湿。她准备先冲个淋浴。冲完之后，她靠在浴缸的边沿，看着浴缸里的水升高到自己小腿的位置，便堵住了排水孔。水没过自己的身体时，她关上水龙头，躺了进去，然后闭上眼睛，静听流水的滴答声，直到感觉水温有点下降，就再次打开了排水塞。走出浴缸之后，又冲洗了一遍。冲完澡，她穿上浴袍，走向房间，极目远望窗外夕阳映照下的金色的天际线。微风拂过，她感觉到自己的身体享受到了一种从未感受过的酥痒。远离了开罗街道上汽车尾气和八月热浪的侵扰，她舒畅地呼出一口气，像往常那样念叨着："这里的温度比火狱[①]低两度。"

她神清气爽地回到浴室，脱下浴袍，挂在衣架上。然后，赤裸着身体走到衣柜前面，挑了一件印满樱花图案的白色衣服穿上，又把裙摆撩起来放到自己脸上，瞬间嗅到一股香气，不由得沉浸其中。

杰玛勒·曼苏尔的房门没有关严，他一直在从门缝里朝对面窥视，但是，他被海迪彻发现了。为了缓解尴尬，他想抱抱她。然而，海迪彻挣脱了他，溜进了自己的房间。杰玛勒·曼苏尔紧走几步，过去握着她的手，放到嘴边吻了吻。细心的海迪彻从他

[①] 伊斯兰教中的地狱（阿拉伯语：جهنم；Jahannam），意译为火狱，或音译为哲罕南，来自于希伯来圣经中的"Gehenna"一词。——编者注

的亲吻中感觉到了一丝忧愁的气息。她忽然想到，或许是司机询问的那个问题让他心里难受。于是，她从杰玛勒·曼苏尔的手里抽回了自己的手。她从他身边走过去，坐在了床的一侧，而他在房间里转了一圈之后，走到床的另一边坐下来。几分钟后，他顺势躺在了她身后，看着镜子里照出的她的脸。

"你想睡一会儿？"

"我困得眼皮都睁不开了，但脑子还是很清醒的。"

海迪彻挪了挪身子，挨着他坐着。他伸开胳膊抱着她，把她拉过去，让她躺在自己旁边。杰玛勒·曼苏尔静静地躺着，双手搂着她。他能清晰地感受到她的呼吸和心跳，也能看到她的胸脯在有规律地起伏。他把她拉到自己身边，摸索着，试图找到她衣服腰带的扣子。

她抓住了他的手，温情地低声说：

"歌剧演出快要开始了。"

"今晚一定要出去吗？"

海迪彻对他笑了一下，然后握住他的手，把他的手放在自己的肚子上。他的双唇贴着她的手背亲吻。开始的时候，他根据她的节奏来调整自己的呼吸。游戏就这样继续着，两人沉浸其中，难分难解。几分钟后，他感觉到了她有规律的粗重的呼吸。不一会儿，他就躺在她身边睡着了。

海迪彻叫醒他的时候，他已经分不清那时是夜晚还是早晨，也不知道自己身在何处。她把他拍醒，大声说：

"赶紧起来，大懒虫。"

他没有回应，似乎沉浸在刚刚过去的记忆之中。海迪彻从床上爬起来，打开灯，然后回到他身边，摇晃着他说：

"你赶紧起来穿衣服，然后跟我去我的房间，帮我参谋参谋今晚穿哪件衣服。"

他俩走出酒店，手挽着手走在路上。狭窄的街道上没有几个行人。他能听到的，只有海迪彻的高跟鞋走在黑色石头铺成的人行道上发出的声音。过了一会儿，周围的行人越来越多，他俩随着行人走到了宽敞的大街上。又过了大约几分钟，他们来到了一个开阔的广场。那里人潮涌动，广场正中央矗立着一座类似法老雕像的方尖碑。海迪彻说：

"这是皮萨·迪勒·波波洛，罗马最负盛名的一个广场，也就是人民广场。"

他俩站在广场上的一条路上，海迪彻给他指了指第一栋楼外墙上的路标：

"这是迪勒·科索大街，是这座城市最大的商业街。"

"要是教堂太远的话，我们就打车过去。"

"不，很近的。"

她指了指教堂的尖顶，拉着他的手走到了人行道上，踮着脚尖漫步而行。杰玛勒·曼苏尔跟着她的节奏，调整了自己的步伐。

教堂入口处，一位年龄稍长的阿姨在检票，海迪彻把网上预订的参观券打印件递给她。教堂里的座位不足五十个，几乎都坐满了，人们的交谈声在哥特式教堂的大厅里回荡。他俩在人群中寻找着座位。

杰玛勒·曼苏尔兴奋地对着她的耳朵低声说道：

"这是与宗教有关的最棒的职业。"

"没错，这在欧洲很常见。"

海迪彻靠在他的身上，对着他的脸给了一个吻。他拉着她的手，大厅里的灯光有些昏暗，一片寂静。一位年轻人走过大厅，随着一声轰鸣，大门关上了。这时，一位报幕员开始播报歌剧的名字。杰玛勒·曼苏尔只听懂了"波西米亚"这么一个名字，海迪彻小声给他讲述了这部歌剧的故事梗概。主持人讲完话，一位女演员出场，两人互开玩笑，惹得现场一片笑声。随后，演员陆续登场，每出来一个人，观众就报以一阵掌声，以示欢迎。所有演员都出场后，演出开始了。

杰玛勒·曼苏尔和海迪彻的手紧紧地握在一起。每过一会儿，他就把她的手抬起来，亲吻一下，然后继续欣赏演出。普契尼的音乐带着他或在天空翱翔，或跌落到平静的海面。演出还在继续，他的内心却像过山车一般翻滚。他体验着主人公的伤感、疾病，或者感受着诗人鲁道夫和其他艺术家的贫困潦倒，或者体会着他们的幸福人生，体会着他们在最穷困的时候依然笑对生活的顽强。

演出结束后，他俩去吃晚饭。音乐会的余音还在耳边回响。杰玛勒·曼苏尔突然停下来，看着她的脸说：

"亲爱的，谢谢你。我不知道该怎么对你诉说我的感受。"

她搂着他的脖子说：

"谢谢你和我在一起。"

他用力搂住她的腰。海迪彻能够感觉到，他现在又欢喜，又焦急。他把她抱起来，献上了深深的吻。过了好一会儿，他才把她轻轻地放下来。然后，两人又继续往前走。"自由真是美妙。"他知道在大街上搂搂抱抱亲吻的行为在欧洲是很正常的。但是，一个人如果没有亲身体验过禁锢，那么，他绝对不会知道这种自由意味着什么。他自言自语道：

"我觉得我现在是一个真正的人了。"

他用指尖触摸着海迪彻的手。

离餐厅不远了。有位女服务员看到海迪彻气喘吁吁地走过来，急忙迎上前说：

"先生您好，您身边的这位小姐太漂亮了。"

他俩相视一笑，向她道谢。女服务员拿来菜单，让他俩选择喜爱的菜品。他们高兴地拥抱在一起。他坐在舒适的座位上，甜美的抒情歌曲不断地冲击着他的耳膜，尽管他什么也没听懂。这种极度和谐的感觉，让他觉得这里的音乐无处不在，空气中似乎都飘荡着音乐的旋律。生活在有自然之声的城市中，才会有创作的需求。他自言自语道：

"音乐家们要做的事情，无非就是重现现实中的音乐。"

海迪彻从他的眼睛里看到了满满的幸福。她松开手，拿出手机，两人自拍了一张合照。女服务员走过来，记下了他俩点的菜，两眼还时不时地看着海迪彻。

"夫人，您可真漂亮啊。"

海迪彻的脸上泛着红晕，看了一眼杰玛勒·曼苏尔，小声说：

"看来只有女人才懂得怎么夸赞女人。"

她用手轻轻掐了一下杰玛勒·曼苏尔的腰，然后转过头，跟女服务员商议菜品。

"二位想喝点儿什么？"

杰玛勒·曼苏尔回答说：

"红酒。"

女服务员给他报上了红酒的品名，他选了一种，然后一口气说出了要点的菜品名称。他说话的音量很大，可以让这位女服务员一次就听清楚，因为他不想再重复了。女服务员在本子上记下菜品名称后，点头笑着离开。

回酒店的路上，大街上几乎没有了行人，空气中仿佛弥漫着一股清新的玫瑰的味道。杰玛勒·曼苏尔搂着她，慢慢往前走，而她则挣脱了他的胳膊，站在他的面前，抱住他，深情地望着他，说了一句：

"我爱你。"

他把她紧紧地搂在胸口，就这样过了很久。等到有行人经过的时候，两人才回过神来，继续前行，往酒店走去。

十六

早上的皮萨·迪勒·波波洛广场比晚上还要拥挤。广场上到处都是鸽子,那些鸽子有的在黑色的岩石上蹦蹦跳跳,欢快地叫着;有的相互嬉戏,前后相伴;有的专心致志地捡拾散落在地上的面包屑,对旁边偷拍的行人熟视无睹,也不关注聚集在警车和救护车旁边忙碌的人。他们在广场的一角漫步,观察着广场上发生的有趣的事。

"这座方尖碑应该屹立在埃及的某个广场。"杰玛勒·曼苏尔心里这样想。他细细地端详着这座法老模样的方尖碑,在阳光的照耀下,方尖碑的顶端闪烁着金色的光芒。他现在有一个极为强烈的想法,就是想和邻桌的人好好说一说,给他们讲讲,这座方尖碑是埃及的。海迪彻顺着他的眼神看过去,说道:

"你对这个身材丰满的西班牙女人感兴趣吗?"

"谁?"

"她啊。"

她指了指左边的那张桌子。先前坐在那里的女人,现在已经走到了人行道上。杰玛勒·曼苏尔认真地看了一眼那个女人，回答说：

"要是我对她感兴趣的话，我肯定会和你说的。但是，我绝对不会告诉你我在想什么。"

"随你的便吧。不管怎么样，我喜欢她的朋友。"

她伸手抓住他的胳膊，转过身走到他的面前，发出一阵坏笑。他尽量控制住情绪，让自己的眼神看起来更自然一些，但内心的震惊却丝毫未减。她似乎没有感到有什么不妥，心里很平静。她看了看手表说：

"我们该走了。"

他俩离开咖啡厅，穿过广场，在广场外的城门旁边拾级而上，朝博尔盖塞美术馆的方向走去。这座宏伟的建筑是历史上的某位红衣主教为举办大型聚会而建造的一座宫殿。

通往那座宫殿的路上，有一座狭长的花园，里面草木的芳香不断地刺激着杰玛勒·曼苏尔的嗅觉，那像是一种久违的香味。海迪彻给他指着路，不远处的宫殿像美妙的梦境一般，浓浓的绿色直抵那里的楼梯。她说：

"这个花园里有很多小溪，还有一个地方专门饲养孔雀、鸵鸟、鹈鹕、丹顶鹤等等，还有一些在意大利不容易见到的动物。"

她拉着杰玛勒·曼苏尔往入口处走去，他随着她前行，却没有低头看路。因为他的眼睛一刻也没有离开眼前的这座宫殿。

在入口处，他站在海迪彻身后，把头靠过去，在她耳旁说："从我们进来到现在，我还没有低头朝下看过呢。"

她笑着对他说：

"那是肯定的，罗马不会让你低下头的。"

宫殿大门打开后，他俩顺着人群走了进去。跨过宫殿的门槛，海迪彻开始给他讲解宫殿里面的石柱。

"你注意看，这些都是文艺复兴时期修建的石柱和拱门。"

他看着她指的地方，仔细地听着她低声讲解。

"你再看看这幅精美的作品，主教被画得极尽奢华，但是，画家又以平淡的色调对画作进行了微妙的平衡处理。这种风格体现了巴洛克绘画的基本特征。"

他抓着她的腰，用力把她搂过来。他并不觉得自己真的想要这么做，只是想体验一下这种自由的感觉，好让自己融合到这样的新环境之中。他朝海迪彻的额头亲了一下，但她挣脱了他。然后，她走到他的前面，引导他往宫殿的方向走去，一边走一边做着介绍，告诉他这里是什么地方，那里有什么景点，又有什么特点，等等，俨然就是一个专家。

进入宫殿之后，杰玛勒·曼苏尔紧跟着她从一个房间走到另一个房间，听她讲解着艺术家的不同作品，并努力记在脑子里。对于卡拉瓦乔、拉斐尔、提香、罗宾斯、卡诺瓦等艺术大师的作品，还有与这座宫殿同时代的雕塑家、画家以及后来各个时期艺术家的作品，他都进行了深入的了解。

杰玛勒·曼苏尔站在贝尼尼创作的题为《劫夺珀耳塞福涅》的雕塑前，凝视着用大理石雕刻出来的冥王哈迪斯的手指和宙斯女儿的大腿。他小声问道：

"在这座雕塑面前,红衣主教博尔盖塞是怎么坚守他的信仰的?"

"说不定他的信仰得到了巩固呢?"

他看着这座雕塑,从远及近,详细地观察着每一个细节。海迪彻牵着他的手,浏览了大厅里的其他艺术品后,她说:

"这儿还有贝尼尼的其他雕塑,我想让你连着看看这三个。"

他俩走进另一个房间,房间里只有一座雕塑。

"你看,这是《阿波罗和达芙妮》。这座雕塑描绘了希腊爱情神话中最富有戏剧性的场景。"

杰玛勒·曼苏尔的眼睛直勾勾地盯着达芙妮半张着的嘴,那种表情有惊讶,有悲伤,似乎是在痛苦地呐喊。他闭上眼睛,尽可能让自己接受刚才看到的画面。

"这个画面绝对超出了我的承受能力。"

他走到窗户旁边,看着窗外的树木,希望那种简单易懂的美能让自己的眼睛放松放松。海迪彻纤细的指尖轻轻滑过他的耳边,说:

"先知大卫在等着你呢。"

说完,她拉着他到了另一个房间。

"你看!雕塑家贝尼尼挑选了歌利亚被杀前的瞬间作为创作的背景,大卫咬紧牙关,眯着双眼,目光盯着远处的某个地方。"

突然,他感到一束富有灵魂的光照在了自己的脸上。他鼓励海迪彻尽可能详细地讲解这些雕塑,希望她能像面对学习艺术的学生那样讲解自己所了解的内容。于是,她继续给他介绍那些雕塑以及宫殿里的画作。她按照时间次序进行了讲解，而没有根据房间的布置来展开说明。她给他介绍了各个时代的标志，举出了不同时期著名作品的例子，还对不同风格的雕塑作品进行了详细的比较。

听了一会儿之后，杰玛勒·曼苏尔坐下来休息。他这样做，并不是因为感觉两腿酸痛需要休息，而是因为面对这么多美妙的杰作，他的内心感到极度震撼，而且，他也没办法一下记住海迪彻讲述的所有内容。这些艺术知识，他需要储存之后再消化。

结束参观前，他们俩看到了一尊雕塑。那件作品塑造的是一个躺在床上的裸体女人。她躺卧的大理石床占据了房间的大部分空间，房间里只有一条狭窄的过道，为参观的游客留出了行走的路径。海迪彻带着他挤出人群，指着那尊雕塑说：

"这是波利娜·博尔盖塞，拿破仑的妹妹，也是卡米洛·博尔盖塞亲王的妻子。"

"她以这样的姿势在雕塑家面前躺了多久？"

"你想说什么？"

"你觉得他爱她吗？"

他很认真地问了这个问题。他想把海迪彻与雕像中的这个女人作一个比较。稍微停顿了一会儿，海迪彻对他说：

"我想让你为我定制一件这样的雕像。"

"我可以亲自为你做一个。"

他感觉到自己从来没有像现在这样因为活着而感激不尽。

十七

晚饭后,两个人回到了酒店。虽然感到有些疲乏,但是,他们的内心感觉很充实。在门口,杰玛勒·曼苏尔问她:

"你需要多长时间能换好衣服?十分钟?"

"二十分钟。"

他点了点头,表示知道了。海迪彻回到自己的房间。杰玛勒·曼苏尔打开房门,去找早上忘在房间里的手机。他看到 WhatsApp 里有一条未读信息,那是宰乃白在三个小时前发过来的。他忽然想到,自己已经好久没有给她打过电话,也没有发过短信了。他似乎感觉到有一些负罪感。"一只手不能同时抓住两个大西瓜",杰玛勒·曼苏尔自言自语地说。还是赶紧给她发信息,问问最近的情况吧。不一会儿,手机屏幕亮了,她的信息来了。"一切安好。"

宰乃白的回复让杰玛勒·曼苏尔来了精神,他跟她聊起了罗马的情况,她也说起了这两天的情况,没有发生什么不同寻常的事情。她兴奋地聊着天,让杰玛勒·曼苏尔的负罪感一扫而光。

他想了想，不管怎样，生活都要继续。那些带着对亲人的担忧而死去的人是不会复活的，他们一定知道这个事实。想到这里，杰玛勒·曼苏尔突然感到一阵痛惜。但是，宰乃白用最后一条信息打断了他对人生的思考，把他拯救出来了。

"请听这个，大哥。"

他发过去一个玫瑰花的表情后，便把手机放回到了桌子上。他脱下衣服，将衣服整理好，放进衣柜，然后去浴室冲澡。

一阵敲门声响起，杰玛勒·曼苏尔擦干身体，披上浴袍，慌里慌张地跑去开门。他盯着海迪彻。她的脸在微弱的灯光下泛着红晕，两片薄唇显得愈加丰满，微微隆起的胸部藏在一件棉质衬衫里面，长腿上的短裤，让她显得青春动人。她被抱进房间，两个人躺在床上，脚垂在了地上。他蜻蜓点水般地在海迪彻的脸上吻了又吻。浴袍被一点一点地掀开，直到几乎全部脱落，海迪彻与他面对面，坐在他的两腿之间，突然感觉下身发热发烫。她被这种快速的反应给吓到了。杰玛勒·曼苏尔将她平放在床上。海迪彻伸手调暗了房间里的灯光，他脱下浴袍，光着身子把她抱起来，双唇深深地吻着她的脖子，两只手不停地抚摸着她苗条的身体。浴室玻璃上的水珠透过微弱的光亮，在她的脸上留下一抹阴影。杰玛勒·曼苏尔把她的头从肩膀上抬起来，注视着她的脸颊，让她趴在自己宽阔的躯体上。他吻她的嘴，咬她的唇，享受着她急切的回应。

海迪彻细软的舌头伸到他的嘴里，探寻着人世间美好的东西。杰玛勒·曼苏尔伸手想要褪去她的短裤，但被阻止了。他很清楚，这种阻止其实是渴望的另一种表现。他开始在她的身下晃动，而她则在上面有节奏地颠簸。两人一直这样运动着，直到欲火熄灭。她滑下来，收拾床单，替他穿上浴袍。杰玛勒·曼苏尔把她抱过来，搂着她躺下，让她枕在自己的胳膊上，尽情回味着刚才的激战。很快，睡意来袭，他根本不知道海迪彻是什么时候回到自己的房间去的。

第二天早上，两人一起在酒店餐厅里吃了早餐。海迪彻参加会议之前对他说：

"你可以跟我一块儿去。"

"不用了。我休息一会儿，等你回来。"

"那好吧。不会太晚的，只是一个开幕式。"

自己一个人独处的时候，杰玛勒·曼苏尔觉得很惬意。他躺在床上，慵懒地舒展着身体，又喝了杯咖啡，但是，这似乎并没有驱走浑身的倦意。或许这与咖啡的关系不大。他深吸了一口气，把土耳其咖啡的味道尽数吞进肚子里，然后又点燃一根香烟。这足以让一天的心情都变得愉悦。

他闭上眼睛，试着小憩一会儿，但是睡意却戏剧性地分散了自己的思绪，所以，他只能寻求相对的平衡。他拍了拍松软的枕头，把枕头垫在自己的后背，然后随手拿起了桌子上的一本书。他看了一眼书名，这本书是纳吉布·马哈福兹的《自传的回声》。

他信手翻了几页，停在了自己最喜爱的精彩片段。他在这一页的边角处画了一颗小红星，标注了整段内容。读到另一段时，他又不禁有些伤感。每次翻阅这种被他称为"悲伤陷阱"的书之后，他都会有同样的感受。

他收起书,开始翻阅手机上的埃及报纸,看看今天的消息。所有的事情都是老样子:辉煌的经济成就,因贫穷导致的家庭暴力……他把手机放到旁边,感觉到对于他自己来说,发生在罗马这个安静房间里的事,比发生在开罗的事要少得多。这里好像是无人关注的一个地方。"难道这两天我变成了意大利人?"他自言自语地说着。他目不斜视,专心地做着多年来坚持的日常训练。每天早上,他都会在读报的过程中检索大量单词,弄清它们的本意,做完这一切,他才会出门。"用错单词,是语言运用的大忌。一定要记住,该用'卑鄙'的时候就不能用'贬低',应该使用'背叛'这个词,就不要拿'忠贞'去填空,'失败'也同样不能当成'成功'来使用。"

他听到了走廊里清洁工干活的声音,站起来走到门口,确定已经挂上了"免打扰"的牌子,然后躺回到床上。他拿起遥控器,翻看着各个电视频道,但没找到一个阿拉伯语或英语频道,于是,他把电视定格在了一个播放动画片的意大利语频道。他最爱听意大利语的歌曲,孩子们银铃般的笑声,伴随着意大利语的交谈,让他再次进入梦乡。

他不知道海迪彻是什么时候来到他的房间的,她用手捂住他的眼睛,他才感觉到。他马上惊醒了,抓住她的手,把她拉过来,让她坐在床边。杰玛勒·曼苏尔用力地搂过她,靠在她的胸前。海迪彻推开他,可他却凑过来嗅着她的味道,海迪彻笑着说:

"你不会得到你想要的哦。"

"但是，你已经回来了。"

海迪彻感觉又欣喜又激动。每当杰玛勒·曼苏尔凑过来贪婪地嗅着自己身上的味道的时候，自己身上的香水味儿就浸满了他的胸口。有一次，他说："真想知道你会不会像别人一样有汗味儿。"她觉得这是她听过的最美好的赞扬。他从没说过闻到自己身上有汗味儿。在他眼里，自己又长大了几岁。

杰玛勒·曼苏尔把她拉过来，又试了一次，惹得她哈哈大笑。她伸出手，牵住了他的手。

"你起来，穿上衣服，咱俩出去吧。"

他抓住她的手，吻了一下说：

"会议的开幕式怎么样啊？"

"很不错。"

"你给我说说呗。"

"回头再给你说。我们还要出去，你快起来。今天还有很多东西要看的。"

海迪彻放开他的手，让他起身准备。她拿起手机，翻看着刚才在会议上拍的几张照片。这里面有开幕式的照片，也有她和印度建筑师希拉·斯里、意大利建筑师伦佐·皮亚诺的合影。"应该再多拍几张。"她略带惋惜地说道。学术会议和研讨会在开幕式之后，而她在中间休息的时候就离场了。她通过 WhatsApp 给妈妈、姐姐和朋友们发了几张开会的照片，然后，她把手机放在一旁，起身想去看看杰玛勒·曼苏尔准备得怎么样了，顺便帮他挑一挑该穿什么衣服。

十八

在罗马之行的最后两天里,两个人马不停蹄地四处游玩。海迪彻注意到,杰玛勒·曼苏尔在参观景点时,精力非常旺盛,丝毫没有疲劳的感觉。在参观某体育馆时,她问他:

"我给你拍张照片,可以吗?"

他点点头,表示同意,但并不是很热情的样子。照片拍完后,海迪彻拿起相机查看。她看着背景上的巨大拱门,说:

"像一张宣传照片。"

他回过头,发现路上的行人,还有那些绕着高楼大厦散步的人以及从高楼的窗子里伸头向外张望的人,几乎每个人都拿着照相机或者手机在拍摄这个景点。杰玛勒·曼苏尔想:"这么多镜头同时聚焦一座建筑,会削减它的魅力的。"他注意到,那些假扮罗马皇帝和士兵的人,正在向游客展示他们的装扮,并和他们一起拍照。一种怜悯之情油然而生。他指着他们说:

"他们像是金字塔的守卫。"

海迪彻仔细地盯着他们,看了好一会儿,半信半疑地说:

"你是这么想的？"

"他们的装扮有些滑稽可笑，但这也难以掩盖他们的不幸。"

"得了吧，他们的收入相当不错，干的活儿也不是很累。"

他对罗马地标性的旅游景点没有多大兴趣，但是，他对这座城市的感情却日渐浓厚。他看到，在这座城市里，餐厅和酒吧外面摆放的餐桌非常优雅，路边围墙根恣意生长的玫瑰并不妨碍街上的行人，那些人的脸上洋溢着无尽的活力。另外，这座城市里也经常可以看到酩酊大醉的人，他们的脸上带着忧伤。或许这就是生活。杰玛勒·曼苏尔拿出手机，打开摄像头，对准了这座古老建筑中高耸的木门、动物的头像，还有奥林匹斯众神的精美花纹和青铜门环。

去卡普里岛旅行的那天早上，两个人在餐厅吃早餐。他对海迪彻说：

"我不想离开罗马。身处这座城市，我感觉就像曾经到过这里一样。"

"在看到卡普里岛之前，你还是先别发表意见。"

"我不认为还会有比罗马更美丽的地方。"

海迪彻笑了笑，拍拍他的手，说：

"你等着瞧吧。"

他俩坐上了开往那不勒斯的火车，海迪彻两手托着杰玛勒·曼苏尔的脸，凝视着他的双眸。他靠在她的肩膀上，放眼望着窗外无边无际的草原。

窗外晴空万里，金色的阳光铺洒在草原上，蔚蓝的天空下，

一群群牛羊在奔跑,一匹马紧跟在它们后面疾驰而去,像闪电一般,瞬间就消失了。杰玛勒·曼苏尔看着这幅美景,高声说道:

"火车选择了这么一条有山有草有树有动物的路,旅客该有多么幸福啊!"

海迪彻对准他的脖子,给了他一个香吻,然后打开了火车座位前面的小桌,从包里拿出一本英文书,朝他晃了晃。

他问道:

"卡尔维诺的书?"

海迪彻回答说:

"《看不见的城市》。"

"这本书的故事很迷人。"

她打开书,翻到目录,选了一篇名为《呼唤特蕾莎的男人》的作品,准备读给他听。

读完之后,一滴水晶一样的泪珠挂在了他的脸上。她靠过去,舔舐落泪,又亲了他一下。

"你这么喜欢这个故事吗?"

"我也说不清楚,或许是因为这个故事,或许是因为看到窗外的一片绿色,也许是担心旅行快要结束了,也许还有其他事情引发的感慨。"

他回过神,看着窗外,草原快速地倒退,与列车前行的方向正好相反,看到这种景象,他有些抑制不住两眼的湿润。"或许还有一点儿嫉妒吧!"他回过头,又一次品读了那个故事的情节:一个男人站在一栋房子前,大声呼唤着一个女人的名字,路上的行人同情地围过来,帮他一起喊。他们询问他喊的这个人是谁,他却说自己并不认识她,只知道她的名字叫特蕾莎。这个男人离开的时候,人群也散开了,但仍然能听到呼唤特蕾莎的声音。"在这种情况下,只要坚持一种想法或坚持去做一件事,就能得到众人的理解和接受,而无须注重其中的逻辑性吗?"他回想起了自己曾经热爱的写作,"如果当初我能够坚持那份热爱,现在它或许已经变成现实了。"他的脸上闪过一抹悲凉之色,海迪彻凑过去吻了吻他。然而,他自己突然变得这么伤感,不免让他感觉有些尴尬。为了消除挥之不去的尴尬,他转过身,半开玩笑地问海迪彻。

"以前你在火车上还给谁读过书?"

海迪彻朝他胸口轻轻捶了一下,转过脸,向远处的天际线看去。

他俩走下火车的时候,司机已经等在了那里。司机提起两件行李,他俩跟着司机,走到车站外面,上了车。海迪彻询问司机:

"我们还能赶上船吗?"

"还有半个小时呢,不用担心。"

汽车转了几个弯,穿过拥挤的人群,到了码头的大门。司机卸下行李,帮海迪彻打开车门,带着他俩到候船大厅休息。几分钟后,他拿着两张登船牌回来,把两件行李送到渡轮上。做完这些之后,他与他俩握手告别。杰玛勒·曼苏尔问:

"你不和我们一起去吗?"

"我不去,我的一个同事会在卡普里岛接你们。"

他俩选了靠窗的座位,希望能在渡轮上看到海。渡轮越走越远，杰玛勒·曼苏尔看着那不勒斯的方向，小声对海迪彻说：

"那儿很像亚历山大。"

"是啊，亚历山大一半的建筑都是意大利人建造的。"

有的旅客离开自己的座位，三三两两地到甲板上转悠，拿起相机，从不同角度为这座渐行渐远的城市拍照留念，或者追踪在天空中盘旋的海鸥。当渡轮离开海滩的时候，那些海鸥就消失不见了。

这时，一个老人笑着走过来，用阿拉伯语问海迪彻：

"打扰一下，请问你是苏德·霍斯尼吗？"

海迪彻惊讶地看着他，回答道：

"不，不，苏德已经去世很多年了。"

"去世了？！多希望你没对我说过这句话。她是个多么好的演员啊！"

杰玛勒·曼苏尔请他坐在自己的位置上，自己则坐在了后排。他问道：

"您是哪里人？"

"我出生于那不勒斯，但是我一直住在亚历山大。"

"那么，您差不多就是一个埃及人喽。"

"你也可以说我是一个意大利的埃及人。"

"您是什么时候回国的？"

"十年前吧，我回来等着落叶归根，可是，我到现在还活着。或许我再去趟埃及，寿限就到了。"

杰玛勒·曼苏尔开玩笑似的说：

"您说得对,您回来,就是想在百年之后睡在这儿的土地里。"

老人放声大笑,露出快要掉光的牙齿。突然,他又皱起眉头,一声不吭。

远处出现了一群鸟,海迪彻站起来,指给杰玛勒·曼苏尔看。他站在甲板上向远处张望。这时,渡轮发出两声轰鸣,在绿色的海面上留下两道白色的波痕。海迪彻垂下手说:

"我们快到了,不要错过卡普里岛的美景。"

十九

杰玛勒·曼苏尔靠在甲板的栏杆上,瞭望远处的风景。山上呈阶梯状分布的小房屋,宛如散布在林海中的小舟。那些房子一点一点地呈现出来,先是露出阳台,再露出五颜六色的窗子,清晰明了。

他像说梦话一样,不停地喊着:

"不可思议!真不可思议!"

海迪彻转过头,发现他一直拿着手机在拍照。

他大声说:

"这合理吗?"

他凝视着海迪彻充满着爱意的眼睛,盯着她的脸看了很久,发现她的确很美,甚至要比这会儿看到的景色还要养眼。

渡轮停靠在码头,游客们陆续走下舷梯。

一个中年人站在码头,举着一块儿写着"巴比先生和夫人"的牌子。杰玛勒·曼苏尔朝他挥了挥手。那个人穿过摇摇晃晃的木制过道,跑过来拿他俩的行李。海迪彻轻轻地吸了一口气。空气里弥漫着港口轮船的燃油味儿。

他俩满是欣喜地看着远处的房屋,跟在那个人后面,努力保持身体平衡,小心地往前挪着脚步,感觉好像还走在船上一样。那个人把两件行李放到小推车里,弯着腰走到他俩前面,穿过人群,带着他们来到港口的入口处。那儿有辆敞篷车在等着他们。汽车旁边站着一个帅气的小伙子,看上去就像是电影里让所有女性都为之疯狂的高大帅气的意大利男模。

他用意大利语问候他们:"早上好。"

他说话比罗马人说话听起来更舒服一些。他介绍说:

"我叫马里奥。"

他和杰玛勒·曼苏尔握了握手,然后给他俩打开后侧的车门,又对搬运工做了交代,把行李拿过来放进车里。

他俩坐好之后,马里奥回来,确认车门已经关好,便站在那里等前面的汽车过去。他顺便问他们:

"需要我给你们拍照吗?"

杰玛勒·曼苏尔把手机递给他,顺势抱着海迪彻,让马里奥从不同的角度拍照。把手机还给杰玛勒·曼苏尔后,马里奥跑到前面,坐在驾驶座上。他们俩在后座上看着刚才拍的几张照片。这几张照片都以玫瑰花和热闹的小路为背景,看起来就像电影里的结婚场景一样。

海迪彻拿出手机,靠在杰玛勒·曼苏尔怀里自拍了几张。马里奥发动汽车,穿过人群,随后沿着蜿蜒曲折的上坡路前进。

他对他们说:

"你们俩是夫妻？"

海迪彻回答说：

"是的。"

杰玛勒·曼苏尔对着后视镜朝他点点头，肯定了她的回答，然后，他转头看着海迪彻的白色镶边连衣裙和优雅的草帽，感觉很新奇，好像是第一次见到这么优雅的装束。

他心里想着："她是新娘，我……"

马里奥对着后视镜又看了一眼，然后问道：

"你们俩知道有关卡普里岛的谚语吗？"

看着他俩一脸疑惑的表情，他继续说：

"两个人来，三个人走。"

他俩笑了笑。海迪彻把手机放回手提包里，满是欣喜地亲吻了他一下。杰玛勒·曼苏尔把她推开，看着远处的房屋，然后指了指天空，示意她看远处蓝色天幕下洁白的云朵。这种景色让他的内心感受到了极大的震撼。汽车顺着山上蜿蜒曲折的公路前行，远处的海港时而躲藏在山后，时而又显现在眼前，就这样，他们一直爬升到了山顶。马里奥减缓车速，运用高超的车技，像表演杂技一般，把车停到了一处狭窄的空地。这里是一个乘车的小站，差不多能停四辆车。关闭了发动机后，马里奥对他俩说：

"汽车只能开到这儿，你们的酒店离这儿大约还有二百米的距离。"

海迪彻点点头，杰玛勒·曼苏尔和她一块儿步行去酒店。与马里奥告别后，他俩很快就融入到了人群之中。他们继续走了一段路，从小广场的右边拐到了里边的巷道。海迪彻转过身，大声对马里奥说了声谢谢，但并没有引起他的注意。她牵着杰玛勒·曼苏尔的手，朝相反的方向走去。

"去哪儿？"

"不用担心，我知道酒店在哪儿。"

他俩站在一个高台上，这里能俯视大海。高台外侧有一排铁栏杆，上面点缀着很多原产于中国的五颜六色的鲜花，似乎在欢迎每位在此驻足的游客。

暮色来临，卡普里岛的天色渐渐暗淡，仿佛梦中的城市一般。山顶高台上的游客说着各式各样的语言，十分热闹。他们欢呼着，喊叫着，拍摄自己看到的每一处景色。海迪彻走到一处角落，在这里，能从三个方向观看这座岛。

"你快看，我们已经在这里了！"

杰玛勒·曼苏尔顺着她指的方向看过去，发现他们正好身处港口的上方，感到既兴奋又喜悦。

"这是我们今天上岸的大港口，右边还有一个小港口。前面就是卡普里岛。朝这个方向看，我已经是一个卡普里人了。"

海迪彻给他介绍这座岛的地理位置。这里的景色非常美，环境干净整洁。另外，他惊讶地发现，自己在这里根本不会出汗。这里的灰尘消失得无影无踪，经常使用的消毒毛巾也派不上用场。多年来，外出随身携带消毒毛巾已经成为他的习惯，甚至可以说，是他生活的重要组成部分。他说：

"卡普里岛是怎么形成的？为什么这里不是沙漠？"

"这里曾经是贫瘠的沙漠,直到考古专家发现了它。"

她靠着他的肩膀,他搂着她的腰,注视着她,犹豫着要不要吻她,而她爆发出一阵大笑,摇着他的手说:

"亲爱的,现在我们身处爱情之岛。"

她说话的时候十分迷人。

杰玛勒·曼苏尔没有回应她,而是指着天边。那里能够看到太阳被浸没在大海之前的最后一丝光亮。天色逐渐变暗,一点一点地被星空所占据。

"这种美,用怎样的语言才能形容?!"

"你在想什么?难道想象力比语言更加生动?"

"诺亚方舟上的人看到远处突起的陆地时,会不会和我现在的幸福感一样?我无法想象。"

杰玛勒·曼苏尔说话时非常兴奋,他搂着海迪彻的肩膀,继续着无限的遐想。海迪彻牵着他的手往前走。他们穿过拥挤的人群,走到了广场的中间地带。那里有几家正在营业的咖啡馆,室外摆放了很多桌子,仅预留了一条能让人行走的过道,那条过道一直延伸到远处的几条若隐若现的小巷。

海迪彻依偎着他,而他却在倒着走,他在保护她,以免她被行人碰撞。走过广场,海迪彻放慢了脚步,让自己和杰玛勒·曼苏尔肩并肩,随后又走到他前面,俩人排成一列前后行走,因为这条窄巷容不下两个人并排前行。这条路非常窄,但两侧的餐厅、酒店鳞次栉比,还有很多超大的时装店。

海迪彻大喊道:"我们到了。"然后,她指着酒店的标牌,踏着坚定的步伐走完了最后一段距离。

一男一女两位迎宾员走出酒店，热情地迎接他们，欢迎他们下榻入住。他俩坐下后，一个年轻人给他们送上了带着温度而且散发着香味的擦手巾，还有一位姑娘端着两杯卡普里岛特有的柠檬汁请客人品尝。女侍者和海迪彻寒暄着，询问他们旅行的感觉怎么样、那不勒斯和港口的接待人员服务得如何等与旅行有关的问题。男侍者核对了酒店的预约信息后，把写有"巴比先生及夫人"的房卡交给他们，祝福他们在此度过美好的蜜月。

杰玛勒·曼苏尔轻声问海迪彻：

"这是岛上特有的问候语？"

男侍者把护照交还给他们。女侍者带他们去了房间。她按楼层号引导着他们，示意二位进入电梯，随后她也走进去，微笑着站在杰玛勒·曼苏尔面前，尽量眯着眼睛不去直视他们俩。电梯很快就升到了他们住的楼层，女侍者带着他们穿过一条奢华的走廊，来到房间。女侍者先走进去，逐一介绍了房间里奢华的家具以及玻璃花瓶等。这间屋子里挂着很多油画和名人的照片。女侍者指着一本封面印着杰奎琳·肯尼迪照片的书说：

"这本书里收集了一些名人参观卡普里岛的照片，其中有好多人曾经下榻过我们酒店。"

随后，她走向阳台，让他俩欣赏外面的风景。这时，海迪彻对她说：

"可以了，谢谢。"

女侍者递过房卡，微微欠身鞠躬，再次表示对他们的欢迎。

海迪彻送走她，关上门，走到房间里面，自言自语地说：

"下榻过我们酒店，哈哈哈！她就像个机器人一样，重复着那些套话。她来这儿工作的时间应该还不到一年。"

杰玛勒·曼苏尔想伸手拉住她，她却皱着眉躲开了。他马上意识到，刚才自己盯着那位年轻的女侍者时，她的目光中带着质疑。或许是为了讨好，他又伸出了手，海迪彻再次挣脱，走进了卫生间。

他站在宽敞的房间里，回想起刚才那位女侍者，试图弄清楚她到底有哪一点在吸引着自己。那个女侍者身上，女性的特质暴露无遗，而且她的肢体还有文艺复兴时期雕像中男性身体的那种明显的特征。微微跷起的小腿，结实的后背，宽大的盆骨，收紧的腰腹，一只手就能托住的胸脯，隆起的乳头即使隔着两层衣服也清晰可见。还有，那张健康、帅气的脸，黑眼眶下长着一双锐利的眼睛，似乎全身披挂的都是武器装备，让人分辨不出是男是女。她穿着浅灰色的职业套装，搭配一件紧扣衣领的白色露脐衫，显得格外庄重。她略低哑的声音，散发出成熟女性独有的气质。

刚刚到前台那会儿，她笑脸相迎，他却没有在意。说过话之后，他才知道，她已经在那里帮助他们办理好住宿。在电梯里，她站在自己的对面，前胸几乎快要贴到了自己的胸口，这时，他突然产生了一种很奇妙的感觉，心里嘀咕着：要是电梯能一直上行该多好啊。

海迪彻从卫生间出来以后，两眼直盯着他。他觉得自己的心思已经完全暴露了。"她比我想象的要聪明得多。"杰玛勒·曼苏尔心里嘀咕着。这时，他想起了多年前自己辩诉过的一桩奇怪的案件。案件里的原告——一位妻子，提供了许多强有力的证据，一番激烈的辩论之后，她的丈夫没有给他的律师任何机会来反驳杰玛勒·曼苏尔，却对着审判席说："法官先生，不管对方的律师给我强加什么证据，我都同意和她离婚，因为她的机敏已经比一位妻子该有的聪明多多了。"

旅行包送了过来。海迪彻给了搬运工一些小费。送走他后，她打开自己的包，想腾空里面的东西，把衣服挂到衣柜里。她弯腰收拾包的时候，杰玛勒·曼苏尔走过去，一把抱住她，用手抚摸着她的脊背。她挣脱后，走到了另一边。他依稀记得，自己第一次这样抱她的时候，对她纤细的腰肢喜爱有加，而这会儿，她却对这种举动心生厌恶。海迪彻看到杰玛勒·曼苏尔盯着别的丰满的女人看的时候，心里就在想：是不是他觉得自己应该再重上几公斤？每次他用手搂住自己的时候，似乎都在惊讶自己的腰有多么纤细。她知道他会时不时地测量她的腰围，但她并不希望他的手伸向自己的肩头。

她皱着眉头在行李箱和衣柜之间来回走动，杰玛勒·曼苏尔挡在她面前，而她把脸转到一边，不理睬他。无奈的杰玛勒·曼苏尔转身打开阳台的门，端详着两边的墙壁。墙上贴着色彩绚丽的传统瓷砖，旁边摆着两把竹椅和一张桌子，阳台上有一个小花池，四周的玫瑰花一直延伸到墙壁两侧。他继续朝前走过去，站在栅栏前面，感觉有些冷。黑夜已经降临，周围的房屋都变成了灰黑色的立方体，屹立在漆黑的大树之间。远处就是草原的尽头，再往远就什么也看不到了,或许,那里是一片海。

　　他感觉到海迪彻已经站在了自己身后。他转过身,看到她站在那儿。他试图从她身上寻找一个成熟女人的形象。他深吸了一口气,空气有点儿凉,而且略带海腥味。随后,他把海迪彻揽入怀中,让她在自己胸口安静地趴了一会儿。

二十

两个人静静地坐在沙发上休息。海迪彻用遥控器打开电视，调出菜单，找到音乐频道。杰玛勒·曼苏尔坐在那里，品尝桌子上的果干。

手机铃响了。她把食指放到嘴边，示意杰玛勒·曼苏尔保持安静。这个电话是阿兹特打来的。

"亲爱的，我刚才在想为什么一直没有你的消息呢。你现在怎么样了？"

她听着电话那头的声音，脸上的表情有些异常。她说：

"挺好的，挺好的，我认识了许多新朋友。"

"或许我还会在这里多待几天。这儿有人建议研讨会结束后去卡普里岛旅行，我想跟他们一起去。"

"什么？你把电话给妈妈，我给她讲两句。"

她起身，拿着电话走向阳台，关上了门。她接完电话回到房间时，脸色一片阴沉。她问杰玛勒·曼苏尔：

"你想什么时候去吃晚餐？"

"随你。"

"九点怎么样?"

"可以。"

他看了看手表,顺手摸了摸下巴,说:"我要刮刮胡子。"

他深吸一口气,站起来,走到卫生间。

他们经过酒店大堂的时候,杰玛勒·曼苏尔瞟了一眼前台的桌子。海迪彻大声地用标准的意大利方言和侍者打招呼:"晚上好。"

两个侍者都回应了她。她走过去打听哪家餐厅比较好,杰玛勒·曼苏尔先走到了门口。一位男侍者说:

"猫尾餐馆不错。"

"我也想到了这家店。"

"您稍等一会儿,我确定一下那里还有没有座位。"

海迪彻坐下来,示意站在玻璃门外的杰玛勒·曼苏尔进来。他过来的时候,她挽起男侍者的胳膊,用英语说:

"他太可爱了。"

杰玛勒·曼苏尔没有说话。海迪彻靠近他,两人都很安静。海迪彻解释说:

"冬天他在位于巴西的这家连锁酒店工作过。"

杰玛勒·曼苏尔松开她的胳膊,往前走了一步,转身走在她的前面,伸出两只手拉着她顺着斜坡继续往前走。到了尽头的平路上,海迪彻带着他穿过了第二条小巷。之前杰玛勒·曼苏尔并没有注意到这里还存在着这样的街道。他顺口说:

"这些小巷子就像开罗的汗·哈里里市场一样,热闹非凡。如果想洗个天然浴的话,就可以在里面逛一圈。"

餐馆离得很近,入口低调而不奢华,大门两边是用蓝色的地中海瓷砖砌成的,门楣上有门牌号和手写的餐厅标牌,一切都很典雅朴素。他俩走下四级台阶,依次进入大厅。餐厅面积不大,餐桌几乎摆满了整个空间。他俩小心翼翼地往里面走,尽量避免碰触到其他客人。杰玛勒·曼苏尔很喜欢这间屋子的灯光,他意外地发现这里的用餐环境有些类似卧室。这里有一张桌子和两把椅子,而另一边只有一把椅子,对面则放着一张床和一把椅子。他惊奇地大喊:

"竟然还有床头柜!"

"等一会儿,你再看一看餐厅里其他有趣的地方。"

海迪彻带着他走到了通往后花园的长廊。花园里有几个方形池子,蜿蜒曲折的长廊直通花园的最深处,那里摆着一张小桌。每张桌子最多只能容纳两个人。杰玛勒·曼苏尔被花园深处的景致所吸引。那里坐着两个人,餐桌上闪烁着微弱的烛光,两人即便面对面坐着,也几乎看不清对方的脸。

"你对什么最感兴趣?"

"那张床。"

"懒虫,那有什么好的?"

海迪彻带着他回到餐厅。他试着躺在床上,又让海迪彻坐在沙发上。这时,一位又高又瘦的女服务员走了进来,她的头发染成了蓝色,看起来有点怪异。杰玛勒·曼苏尔坐直了身子,服员笑着说：

"抱歉啊，打扰你们了。我进来得不是时候。"

女服务员看了几眼海迪彻，才确定她也是在这里用餐的，随后对他们表示了热情的欢迎，而且询问了杰玛勒·曼苏尔的身份。海迪彻说："他是我的未婚夫。"

服务员盯着他看了几秒钟，伸手给他们表演了一段魔术，然后递给他俩每人一份菜单，走了出去。

几分钟后，另一位女服务员端着两杯香槟走了进来。这个服务员和刚才那个人长得非常像，但这人留着一头卷发。

"欢迎美丽的新娘。"

杰玛勒·曼苏尔看看她，又看了一眼海迪彻，说：

"你和刚才那位长得很像啊。"

"亲爱的，她俩本来就是同一个人。只是现在她摘下了假发，这才是她原本的样子啊。"

海迪彻从菜单上选择了适合自己口味的蔬菜沙拉、意大利烤面包，还有西葫芦炒鸡肉，然后给杰玛勒·曼苏尔挑选了三文鱼和炸薯条，最后还给他俩要了自己喜欢的饮料。

对杰玛勒·曼苏尔而言，这个餐馆的环境有一种似曾相识的感觉，好像是为他俩专门设定的一样。他心里在嘀咕："喝醉的感觉是什么样的？"他要了一杯葡萄酒。他想起来，他第一次了解这种酒是在他的一位女委托人家里。那天，她邀请他去自己家。她是一位水果商，个子很高，穿着长袍。他按时赴约。那个委托人的家在一个幽静的花园小区。他敲门之后，她穿着一件肉色的家居服出来为他开门。她应该刚刚洗完澡，湿漉漉的衣服紧贴在胸口，发梢还在往下滴水。她让杰玛勒·曼苏尔到客厅里休息。那里放着一套三人沙发，还有电视和冰箱。离开一会儿之后，她回到客厅，应当是梳理好了头发。她说：

"人们都说你是一个精明的律师。"

说着，她从冰箱里拿出了两瓶啤酒，还摆上了几盘奶酪和黄瓜片、胡萝卜片。没过几分钟，她就喝完了自己手里那瓶啤酒，然后又取出一瓶，还不停地怂恿杰玛勒·曼苏尔也尝尝鲜。他不记得那天晚上自己是否表现出了所谓的精明，但从那以后，他就喜欢上了这种酒，而且一直把它当作对自己的一种奖励。

过了一会儿，餐厅里嘈杂的声音越来越大，时不时就会有人进出他俩就餐的房间。一位年龄在四十岁上下的瘦小的男人进来后，认为另一张桌子的位置适合自己，便坐了下来。他的脸型很英俊，但留着小胡子。他没有点菜，只喝葡萄酒，喝完一杯后，服务员又给他端来一杯。他一直在盯着他们俩看，杰玛勒·曼苏尔给海迪彻使了个眼色，让她注意那个一直瞅着他们看的人。她说：

"或许他只是在猜测我们说的是哪种语言。"

但是，那个人的眼珠子还是在绕着他俩转，这让他感到有些不舒服。他说：

"无耻之徒，别让他再盯着你看了。"

海迪彻笑着说：

"你不要看他了。"

他有些生气地说：

"难道这样你就舒服了吗？"

她小声回答：

"小点儿声，你醉了。"

那个男人的眼神怪异又犀利，杰玛勒·曼苏尔不耐烦地喝了一声：

"更无耻了。"

海迪彻用英语说："他太有趣了。"

杰玛勒·曼苏尔有些讥讽地说：

"他为什么不看我们，而单单只盯着你看啊？"

她继续说：

"为什么不可以呢？对我而言，我并不介意。"

他想让她知道，自己将要教训那个男人。他很有礼貌地走过去，邀请他过来喝一杯。那个男人愉快地接受了邀请，端着酒杯把椅子挪了过来。他介绍自己说：

"我叫奥斐道，是一位诗人。"

海迪彻热情地跟他握了握手，问道：

"太好了，你出版过诗集吗？"

"诗集？现在哪儿还有出版商愿意出版诗集？"

"你在报纸上发表过诗作吗？"

"我的短诗流传在全世界女人的口中。"

杰玛勒·曼苏尔想要结束这段谈话，便端起酒杯说：

"干杯！"

那个人让他俩稍等,然后继续说道:

"我为一家国际化妆品公司工作,大多数商品的名字都取自我的作品。"

杰玛勒·曼苏尔有些讥笑地问他:

"指甲油,还有腮红?"

他严肃地回答说:

"先生,你很难用一只手抓住两个西瓜。"

杰玛勒·曼苏尔有些惊讶地挑了一下眉毛,然后端起酒杯说:

"干杯。"

服务员又端着一杯酒朝奥斐道走过来,看到他没在自己的座位上,假装对他的离去很惊讶的样子,故意弯腰朝桌子底下看看,然后又朝顾客们走去,这时才把酒杯放到奥斐道面前。过了一会儿,杰玛勒·曼苏尔对他说:

"你的职业很有趣。"

"和别的行业一样,整天跑来跑去的。"

他对着海迪彻和杰玛勒·曼苏尔举起酒杯,大喊道:

"为了今晚突发奇想的灵感。"

海迪彻睁大双眼,惊讶地说:

"真的吗?"

奥斐道再次举起酒杯,回答说:

"是的,小公主的爱恋,这将是下一个畅销品的名字。"

二十一

两人在酒店餐厅宽敞的凉台享用早餐，那种感受就像漫游在梦境中一样美妙。眼前空气清新，不见飞虫和尘埃；远处的景象更胜一筹，酒店周围的花园，繁花似锦，树木枝繁叶茂，玫瑰园里香气四溢，沁人心脾。餐厅里，环境整洁，桌布典雅，餐垫精美，餐具奢华，竹椅干净。餐厅的侍者热情地应答客人的各种要求，微笑服务，周到至极。

放眼望去，远处的房屋以及酒店的屋顶都像刚刚被清洗过一样干净，整洁地排列着，像船帆游曳在绿色的林海之中，一直延伸到山巅，触及天空，又忽然掉转方向，朝着大海的方向劈风斩浪，最终融入一片蔚蓝之中。

在酒店的餐厅里，刚出炉的烤面包、富含维生素的水果沙拉、天然蜂蜜、当地的坚果以及特色饮品和牛奶摆满了餐台，但游客还是更喜欢坐在视野开阔的环境中享受美食，沐浴阳光，而不是待在餐厅里面用餐。

酒店提供的早餐品种很丰富，但对于他们两人来说，唯一遗憾的就是没有土耳其咖啡。在酒精炉上熬制土耳其咖啡，是杰玛勒·曼苏尔早晨最喜欢做的事。没有土耳其咖啡，海迪彻只好退而求其次，喝一杯绿茶或许也是不错的选择。她问他："你要喝点儿什么？"

他笑着说：

"当然是双倍的意大利浓缩咖啡，味道更浓厚、更地道。"

他俩选了一张桌子坐下，开始享用早餐。这个位置的视野极佳，能够俯视巷道的景色。忽然，他们听到身后有人讲阿拉伯语，那声音离他们越来越近，他们不由自主地转过身，看到一对夫妇带着一个十岁左右的孩子，一家人走过来，坐在了邻桌的位置上。那个女人穿着一件优雅的白色棉质连衣裙，小男孩手里拿着一束向日葵。男人和孩子都穿着运动服。

"海湾地区的人。"

海迪彻小声地说。

"你是怎么知道的？"

"口音，你听清了吗？"

长相和父亲一模一样的那个孩子，嘴里不停地在说话。

"妈妈，妈妈，你们为什么给我起名叫伊卜拉欣？"

"伊卜拉欣是一个很美好的名字。"

"我想叫另一位圣人的名字，就是能和鸟对话的那位圣人。"

"爸爸，爸爸，我怎么才能听懂小鸟说的话呢？"

"爸爸，要是我把你的手机扔到大街上，你会怎么办呢？"

海迪彻控制不住自己，不由笑出了声。她看着他们说：

"主啊，保佑他吧。"

那位女士回答道：

"我的朋友，愿您一切顺利。"

那位女士接连回答了儿子的好几个疑问，那位丈夫却默不作声，一直坐在那里，看着远处。

海迪彻在杰玛勒·曼苏尔耳边小声说：

"他太聪明了。我好想要一个我们的孩子。"

杰玛勒·曼苏尔有些惊慌失措，心里非常矛盾。难道这就是爱？这是第一次有女人向他这样表白。但是，他觉得这样的表白来得太迟了。之前他从未想过要孩子。他和弟弟妹妹们在一起生活时，已经把他们当作自己的孩子来看待。而他开始孑然一身的生活之后，虽然也考虑到自己的未来，但对他而言，结婚仍是虚无缥缈的事情，即便有时在头脑当中有那么一点点想法，最终也还是一闪而过。他经常看到年纪和他相仿的寡妇或离异的妇女出现在他的面前，那些人艰辛的生活状况令人感到酸楚万分。她们在没有任何仪式的情况下被别人娶走，和新组成家庭的伴侣互相搀扶，品味着人生所剩无几的甘苦。她们的生活乐趣，就是为对方搽药，按摩伤痛，两人相互关心，相互体贴。这样的生活境况，让他对组建家庭产生了畏惧的心理。

海迪彻紧紧握住他的手，杰玛勒·曼苏尔本想吻她，但因为眼前有一家阿拉伯人，只能退缩回去。海迪彻体察到了他的窘迫，却非常高兴，因为他让自己有了生一个孩子的幻想。她跑过去，从背后把他抱住，抬起他的头，朝着脸颊亲了一下，然后又坐到了他的旁边。杰玛勒·曼苏尔感叹地对她说：

"这座岛给我的人生留下了最壮美的篇章。"

他细心观察着四周的房子、餐厅，看看店铺的主人用怎样的独特方式，书写出一幅卡普里岛的壮阔画卷。他对海迪彻说：

"那些建筑工人们正在修复对面那座老房子的石墙，你看到了吗？他们就是为创造卡普里岛的美丽画卷而奉献智慧和才智的人。"

她笑着说：

"享受这种美的唯一条件，就是不要过分地深究它。"

海迪彻感觉到她好像在把自己的想法强加到他的感受里面，于是又补充道：

"与威尼斯的奢华相比，我更喜欢这里的质朴。"

杰玛勒·曼苏尔听着她从建筑的角度讲解卡普里岛的自然美与威尼斯的奢华美，然后说：

"尽管如此，我还是希望能和你一起去那儿旅行。"

"我们会去的。不过我估计你逗留两三天之后，就绝对不想继续待下去了。"

"你确定吗？"

"那座发臭的水上迷宫，很快就会让人失去对那座城市的兴趣。那里有一种让人窒息的感觉，人们的行动也很受限制。"

杰玛勒·曼苏尔把目光投向远方，审视着这片风景。

"现在走吧。"

巷子里没有多少人，他俩手牵手往前走。他们停下的第一站是温贝托广场,那里熙熙攘攘,人头攒动。杰玛勒·曼苏尔站在海迪彻前面,为她挤出一条通往凉台的路来。他俩离目的地愈来愈近,虽然天空还很明亮,但凉台和广场几乎已经融为一体。前面的一座教堂,让本来就不是很宽敞的巷道显得更加拥挤,没走多远,他们便到了一个出租车站。柔和的阳光照在脸上。两个人费了很大劲儿,才走到凉台的栅栏边上。从那里可以欣赏繁忙的码头,还能看到在水中航行的小游艇。

"你喜欢在海上旅行吗?"

"只要有你,我什么都喜欢。"

"那么,就一起去吧。"

海迪彻牵着他的手,朝凉台另一侧的玻璃船舱走去。

"那里是游艇停靠点,名叫费努珂尤莱尔。"

两个人乘上小火车,不一会儿就从山顶到了山脚。离开位于山脚的车站时,他们惊讶地发现自己已经身处码头。杰玛勒·曼苏尔兴奋地大喊:

"啊,真是太好了。"

"是的,到了前面,我们叫一辆出租游船带我们去观光,沿途的景色真的太漂亮了。"

两个人准备乘船,挑选了一位船夫。他差不多有七十岁,中等身材,头发花白,面色红润。看着这个老人,杰玛勒·曼苏尔想起了海明威在《老人与海》里描写的渔夫圣地亚哥的形象。过了大约一小时,这位性格开朗的老人带着他俩穿越礁石,在洞穴探险,尽情享受海中的美景。这是他数十年来积累的职业资源和财富。船夫时不时停下船，让他俩取景拍照。

结束游玩之后，两个人饥饿又疲惫地往回走。他们顺着费努珂尤莱尔站的台阶往上走，在广场上遇见了自称来自亚历山大和那不勒斯的两位游客。他们走近之后，没打招呼，却指着海迪彻问：

"你是苏德·霍斯尼吗？这么说来，你的年龄应该不小了。别担心，我不会打扰你们的。"

他俩和颜悦色地笑着，快速汇入游人队伍之中。

二十二

他们把衣服扔在了地上。一眼望去,杰玛勒·曼苏尔的灰色睡衣静静地躺在海迪彻的粉红色衬衫下面,宛如一条崭新的饰带缠绕在一件流传了许久而略显破旧的小包上面。海迪彻的胳膊搭在他的肩上。一阵困意袭来,她想眯一会儿。在房间里微弱灯光的映照下,杰玛勒·曼苏尔能清楚地看到海迪彻如玫瑰一般红润的皮肤,他不由自主地将自己胳膊上富有光泽、带着肌肉的皮肤和棕褐色的胸膛与她的皮肤进行了一番对比,感觉自己的肤色已经有点儿衰老。海迪彻紧闭着嘴唇,她试着张嘴,似乎想要说话,但因为实在太困了,眼皮怎么也睁不开。

杰玛勒·曼苏尔忽然感到一阵尿急,想悄悄溜下床去解决问题,但他还是忍住了,没有说话,而且保持着原有的姿势,为了不打扰她的休息。他一直盯着天花板上的一个小点,试着从一开始数,以便让自己尽快入睡。杰玛勒·曼苏尔闭上眼睛,不一会儿,就被自己的鼾声吵醒了。他不知道自己什么时候有了打呼噜的毛病。年轻的时候,他从来就没有打过呼噜。他不得不承认,打呼噜和经常起夜，的确是年迈的标志。

海迪彻伸过胳膊，靠着他，感觉到他似乎有些不安，便问：

"你在想什么？"

"我在想，我的呼噜声有没有吵醒你。"

"我醒来，是因为突然听不到你打呼噜的声音了。"

她直起身子，打开床头灯，把枕头立在背后，然后靠上去。杰玛勒·曼苏尔也像她那样坐着，然后把手伸到她的身后，一把拉过她。海迪彻捧着他的脸，他伸出胳膊搂住她。躺在他温暖的怀抱中，她感到有些内疚，但还是很急躁地伸手从床头柜里找出一个小盒子。盒子里有两只耳塞。

"不用担心，事情总会有解决的办法的。"

说完，她就把耳塞塞进耳朵，亲吻了杰玛勒·曼苏尔的额头，翻身留给他一个脊背。不一会儿，杰玛勒·曼苏尔就听到了她缓慢而轻稳的呼吸声。

一大早，海迪彻的手机就响了。她赶紧起身拿过手机，往阳台上跑去。她打开房间与阳台的门，溜到门外的阳台上接听电话，但她打开的门并没有关严，还留了一个缝，所以她的声音没有逃过杰玛勒·曼苏尔的耳朵。根据她的回复可以得知，打来电话的是她的妈妈。

海迪彻打完电话，回到屋里。她看到他闭着眼睛，呼吸匀称，感觉他好像还在睡着。她摇了摇杰玛勒·曼苏尔，让他睁开眼睛。杰玛勒·曼苏尔偏着脑袋，看看窗外。温暖又柔和的阳光已经洒满了远处的树梢、屋顶还有山峰。

在家里的时候,杰玛勒·曼苏尔每天清晨醒来后,就待在屋子里,透过玻璃看着远处。这可以减少他对外界事物的好奇心,也可以减少混乱的思绪给他带来的烦恼。房间里有干果,还有可以做出美味早餐的各种食材,这能让他吃饱之后专心地去进行上午的辩护,然后再满意地打个盹儿。但是现在,他的思绪早就飘到九霄云外了。

海迪彻不停地大声喊道:

"大懒虫,赶快起来!今天我们要外出探险,你会喜欢的。"

喊完了,她坐在床边,拿出一张卡普里岛的地图,放在杰玛勒·曼苏尔跟前。然后,她在海里的一个三角形处画了一个圈。

"我们要去岛上最漂亮的一栋别墅——莱西别墅。"

海迪彻一下掀开了被子,他不由自主地用手捂住了两腿之间。她捶着他的胸膛,哈哈大笑,让他赶紧起床,穿衣服。

吃早饭的时候,海迪彻打开手机上的谷歌地图,寻找要去参观的别墅的位置,看着网页界面说:

"岛上的最远点在这个方向。"

两个人吃完早餐就回到了房间。海迪彻换了一双轻便的鞋,在随身携带的袋子里装了些水果和干果,顺便塞了两瓶水。

"我们要在那儿玩到午餐的时候。"

他俩顺着小巷,朝着与广场相反的方向走去,发现越走岔路越多。遇到十字路口,正在犹豫往哪个方向走的时候,手机地图就发挥了重要的作用。走过一段很长的距离之后,他们来到了一条寂静的小路。那里不仅设置了供游客休息的长椅,还装上了铁栅栏，以防行人不慎坠入旁边的深渊，因为路的一侧就是悬崖。

两人走累了，便坐下来休息，看着岛上装修质朴却具有浓厚的商业气息的房子。杰玛勒·曼苏尔拿出一包烟，点上一根，顷刻间，清新的空气中弥漫着一股强烈的烟草味儿。他挨着海迪彻坐着，抬头看着天空中变幻无穷的云彩。对面的屋子里有位老妇人，颤颤巍巍地走过来，询问杰玛勒·曼苏尔能否给她一支香烟。杰玛勒·曼苏尔站起来，取出一支烟，点上火之后递给她，又把剩下的半包烟一并送给了她。老妇人高兴得快要跳了起来，嘴里不住地说着感谢的话。

海迪彻在一旁自言自语：

"真可怜啊，这么大年纪了还有烟瘾。"

杰玛勒·曼苏尔没有直接回应她。看到这位老妇人，他内心的喜悦超过了对她的同情。这是他俩来到岛上后，第一次看到这样一幅有些凄凉的画面。

他俩快走到别墅的时候，穿过了一片寂静之地。那里有一只蜥蜴悠闲地在树下散步，成群的蜜蜂在盘旋飞舞，好像是在守护这片隔绝之地的秘密一样。

海迪彻不停地变换着方向，指着远处的大海、别墅，还有原野上一排排整齐的花园，不停地发出感叹的呼喊：

"多么美丽的地方啊！真是世外桃源啊！"

杰玛勒·曼苏尔点点头表示同意，但他什么也没有说。

海迪彻带着他，朝别墅前的小庭院走去。在这座庭院的入口处，宽大的大理石台阶将大海和庭院连接成一个整体。海迪彻指了指庭院中央的一座雕塑。雕塑的主人公是一位裸体的小伙子，他用一条腿支撑着身体的平衡，弯下腰，用手去拔另一条抬起的腿上的一根刺。

"雕塑家到底有没有考虑过啊？硬金属怎么可能发出这种欢快的声音！"

他俩绕着雕塑转了几圈，不放过任何一个角落。除了麻雀的叫声、田野里的蝉鸣，还有在台阶上互相拍照的斯堪的纳维亚人之外，没有什么东西可以打破这里的宁静。海迪彻给他讲了这幢别墅的主人维尔森的故事。他是一个企业家，也是一位法国诗人，曾被指控侵犯未成年人，身负罪名，因此他逃走了。途经罗马时，他遇到了一个流浪的小男孩，就把他带到了这片与世隔绝的地方。

杰玛勒·曼苏尔仰头看看别墅，再看看这座精美的雕塑，感慨万千。他说：

"我觉得这座雕塑的忧伤色彩要比欢快的色彩更浓。"

海迪彻听他说完，又仔细地看了一下，点头表示赞同。杰玛勒·曼苏尔绕着雕塑又转了一圈，然后问她：

"如果这栋别墅的主人叫维尔森，那么'莱西'这个名字是从哪儿来的？莱西是他的夫人吗？"

"莱西是柏拉图的《对话录》里的一个年轻人。"

游人离开之后，海迪彻带着他走上了台阶。

"你看！"

他仰起头，看到别墅大门正上方赫然写着几个大字："爱与恨之殿"。这几个字是用拉丁语在镀金石膏上写成的。

别墅入口处有一位四十多岁的女管家，她走出来迎接游客，然后铺开别墅的地图给他俩讲解：

"你们可以从这里开始参观，也可以从二楼或地下室开始，随你们的意。"

海迪彻一边听，一边表示感谢。杰玛勒·曼苏尔打量着这位女管家，在海迪彻耳边小声地说：

"她在天堂般的地方生活，也会衰老吗？"

"岁月不饶人啊。她曾经和这栋别墅的主人生活得有滋有味，但他却因滥用可卡因而丢了性命。"

海迪彻牵着他的手上了楼，又顺着楼梯走到生活区，重新回到了艺术史里所讲的艺术大师西蒙特的时代。

"这栋别墅承载着二十世纪初的灵魂，聚集了新古典与新艺术的风格。"

他俩不紧不慢逐级登上台阶。杰玛勒·曼苏尔全神贯注地观察着别墅里的每一个角落，不做评论。海迪彻继续讲着：

"他设计了铁艺扶手，以镀金的花卉、丝带和拉丁字母做装饰，缠绕在扶手上面。这些设计来自新古典艺术风格。另外，新古典风格也在一定程度上加深了这栋别墅的内涵，尤其是具有罗马风格的梁柱、拱顶和阳台。"

他俩来到生活区，参观了每个房间。除了俯瞰大海和公园的浴室之外，这一层所有的设施都很简单，似乎被一种忧伤的寂静所笼罩。浴室正中央有一个用玫瑰色大理石建成的圆形大水池，还有铜质水龙头和几面大镜子。杰玛勒·曼苏尔的脑子里突然出现了一个画面，就像昨晚在梦里目睹过的一对相互追逐的情侣一样。那两个人脱下衣服，挂在旁边的衣架上，然后有模有样地走了两步，又停下来，看着一位光着身子的小孩在纯净的水池里玩水。他们朝他走了过去，先用脚沾一沾水，试了一下温度，然后一步一步地走到水池当中。杰玛勒·曼苏尔已经进入水池，他仰面躺下，舒展小腿，这些动作吸引了躺在一旁的小孩的目光。海迪彻笑了笑，也游了过去，还伸手拉住了他的手。

从幻想中醒来之后，他们走下楼梯，对女管家点头致意，然后回到了宽敞的接待大厅。那里只有一处休息室，放了两个沙发和两把椅子。海迪彻坐在一把椅子上，把手机递给杰玛勒·曼苏尔，说："给我拍张照片。"

杰玛勒·曼苏尔给她拍了几张照片，然后坐在她旁边，拉着她又自拍了几张，把手机还给她。随后又拿出自己的手机，也拍了几张照片。

他俩来到宽敞的阳台。阳台的栏杆上爬满了绿藻。杰玛勒·曼苏尔四处张望，看着远处广袤的大海，苦闷的心情随之消失。这幢别墅能够俯瞰汹涌的大海，也能像其他别墅那样被阳光所笼罩。杰玛勒·曼苏尔躺在阳台的地板上，用手臂盖住双眼。海迪彻觉得他这个样子非常可爱，便笑着给他拍了几张照片。

休息了一会儿，他起身搂住海迪彻，让她靠在自己的肩头，轻吻着她。他松开手后，海迪彻带着他从阳台走到接待大厅，又顺着走廊走下楼梯。

海迪彻指了指大厅旁边门上的一块牌子，上面写着"鸦片屋"。

他俩快步走进这个房间,却发现里面没有一件家具。屋子正中间的一块地毯盖住了一个低矮的圆台,地毯上有几张床垫。

她说:

"别墅的主人在这里和他的朋友们相谈甚欢,经常彻夜不眠。"

杰玛勒·曼苏尔慢慢地踱到窗前,绕开用东方花纹的大理石砌成的圆形水池,看着海边的水花拍打支撑别墅地基的防洪堤,兴奋地喊道:

"在这个地方不需要动脑子,更不需要进行麻醉处理。"

海迪彻笑着给他指了指那扇小门,说道:

"这间小屋,曾经是主人和小男孩居住过的。"

他俩打开门,走进这间漆黑的屋子。杰玛勒·曼苏尔关上门,朝里面大喊:

"我喜欢你!"

他说话时带有一种难以名状的强烈气息,这句话像十五级大风一样撞击着海迪彻的身体,她几乎快被吹到了空中。这种感觉和她第一次在法院接待大厅见到他时的那种感觉一模一样。

杰玛勒·曼苏尔抱住她,而她自己则退到墙边,低头靠在他的胸前,感觉自己的头发正在触碰着他源源不断的温暖气息。这时,他们听到有人上楼的脚步声。海迪彻轻轻地吻了一下他的脖子,然后两个人朝着出口的方向走去。

两个人辞别了女管家,沿着出口处的台阶走了下去。杰玛勒·曼苏尔看到另外一处的台阶将广场与海水连在了一起。

他说:"在这儿小坐一会儿吧。"

他拉着海迪彻朝大海走去,走下最后一级台阶,却并没有被海浪打湿。他们坐在那里,享受着扑面而来的水汽,其中夹杂着清爽的大海味道。海迪彻拿出准备好的水果、干果和瓶装水,在海边和心爱的人一起享用着世界上独一无二的美食。吃完之后,他们动身往回走。走了大约半个小时,天已经阴沉下来。海迪彻说:

"我们可以从这片林子里穿过去。"

杰玛勒·曼苏尔看了看那一片阴森森的树林,心里不由得产生一丝担忧。他问:

"要是我们迷路了怎么办?"

"不用担心,我认得这条路。"

杰玛勒·曼苏尔没有再追问下去,跟着她踏上了树林间蜿蜒曲折的小路。这一路上非常坎坷,他们一直在不停地爬坡,下坎,跳溪,过河。

最后,他们终于回到了酒店。杰玛勒·曼苏尔感觉到臀部火辣辣地酸疼。

二十三

第二天早上,海迪彻提议去一个叫安纳卡普里的地方游玩,杰玛勒·曼苏尔问她:

"那里有什么呀?"

"那里和卡普里岛的风貌完全不同,你会喜欢的,就像你昨天喜欢那栋迷人的别墅一样。"

杰玛勒·曼苏尔点了点头,不过,他抑制不住疼痛的煎熬。痛感已经蔓延到了他的腰部,而且还在不断加重。因此,即便是比卡普里岛更美的景色,也很难再让他产生兴趣。

刚刚过去的这三天,他们不断地欣赏着卡普里岛的大海、蓝天、高山和树林,所有的感受可以用一句话概括,那就是"美到极致"。杰玛勒·曼苏尔想,自然之美真的是简单质朴,虽然美到极致,但并不会让人感到意外。而那种富有人文气息的环境,让人感到的更多是震惊,而不是享受。

他俩在巷子里走着。杰玛勒·曼苏尔努力掩饰着自己身上的疼痛。走到广场的时候,他注视着路上的游客,仿佛自己身处剧院,帷幕很快就要落下来一样。他侧耳倾听人们用自己听不懂的语言聊天,有时从这儿听到一个词,一会儿又从那儿听到一个字。他还试图猜测那些人的职业,军火商、股市投机者、银行经理、电信帝国大亨、演员等等。他想象着这些人在他们国家的生活状况,他们的生活与经常处于失业状态的人那种窘困的日子是不是有所不同呢?他注意到,来岛上旅游的那些人,绝大多数年纪都不小了,他们耗尽毕生的精力,终于有了一些积蓄,却没有时间在他们生活的城市里花掉。他们来到这里,尽其所能地在这座岛上消费。在这里,人们很少看到沿街乞讨的人,也很难见到生活不能自理的重症患者,残疾人和生活在底层的卑微职员均已隐遁。这是一片富裕、舒适的人间天堂,生活于此的人们以彬彬有礼而闻名。他们的日常行为优雅至极。这里包罗万象的美景让人们的精神得以放松,会让人把曾经习以为常的丑恶行为抛到九霄云外。

　　他是一位律师,见证了许多破碎的婚姻,有些家庭纠纷,仅仅因为一千埃镑的生活需求而产生。这些钱,不过是海迪彻在餐厅里吃一条鱼的价格。他不想让她一开始就产生苦恼,或是在应该感恩的时候让她感觉自己犯了错。他没有向海迪彻透露自己身体疲劳和疼痛的任何情况,也没有给她解释自己内心的各种担忧以及对两人年龄差距的顾虑。

　　海迪彻在车站问他:

　　"我们坐出租车,还是坐迷你巴士?"

　　杰玛勒·曼苏尔随意地回答了一句,然后提高嗓门大喊:

　　"坐迷你巴士。"

他站在长长的队伍后面排队买票，让海迪彻在旁边等。

他拿到票，感觉很幸福。这种感受就像一个小孩子第一次尝试独自上街一样，觉得自己很了不起。他拉着海迪彻的手，在队伍中找了两个位置。等待乘车的人群排成的队伍被夹在墙和铁栅栏之间，对着车厢门口的位置有一个开口，人们走到栅栏那里，就可以登上车厢，放置随身携带的行李。

他们在那里排队，等了半个多小时，海迪彻的脸上有些不悦，神情有些焦躁。她提议坐出租车，但杰玛勒·曼苏尔却坚持要等。为了节省空间，他把行李放到两腿之间，留足了空隙，好让空气流通，以减少臀部的灼痛感。海迪彻说：

"我忘了今天是周六了。"

她觉得杰玛勒·曼苏尔没有听懂她的意思，又解释道：

"周六和周日，卡普里岛的人流量会非常大，因为那不勒斯和邻近地区的人在这两天都会来这里游玩。"

杰玛勒·曼苏尔看着周围的人，觉得这些面孔与前几天看到的那些面孔确实有所不同。不过，他还是认出了几个人，就好像见到了住在同一幢楼里的邻居一样。

他登上迷你巴士，和同行的乘客打着招呼，感觉他们很亲切，很容易相处。他们只找到了一个座位，海迪彻让他坐在座位上，她自己则坐在了他的腿上。巴士顺着椭圆形的车道前行，杰玛勒·曼苏尔就这样抱着她。每当巴士在狭窄的弯道上与相向而行的汽车擦肩而过时，游客便会发出一阵惊呼。这种惊险与刺激，让每位乘客都感到非常兴奋。这种情景，让杰玛勒·曼苏尔的思绪回到了从前在学校参加郊游的时光。

就像海迪彻所说的那样，杰玛勒·曼苏尔发现，安纳卡普里别有一番景致。这里的房屋比卡普里岛上的房屋要小一些，也没有那么奢华。他看到当地的一群孩童在广场上嬉笑打闹，这些孩子活泼奔放，无拘无束，与来到这里旅行而且处处得到精心照料的孩子显得很不一样。商业街上的许多商店和售货亭，都把琳琅满目的货物摆在店铺门前。杰玛勒·曼苏尔说道：

"这里有一种莫斯科的气氛。"

"也许吧。"

海迪彻没有立刻应答，她不知道杰玛勒·曼苏尔的判断是否准确。她想了想，又补充说：

"可能吧，但还是有些差异的，比如说庭院、清洁工、顾客，还有空气，都还是有所不同的。"

窄小的巷道在一处老房子那里变宽了。这是一栋带有安德鲁西亚风格的葡萄酒色的房子。杰玛勒·曼苏尔驻足观看，眼前的这栋三层楼房，屹立在低矮的屋舍和两层楼的商店之间，视觉层次非常鲜明，又和谐地融入周围的环境。

海迪彻说想进去看看，或许这栋红房子的内部更为精巧。

"可是，我过不去。"

他指了指那些桌子，那些桌子被房子对面一个冰淇淋小贩堆在红房子门口的一片空地上，那里有树荫，桌子不会被阳光暴晒。

海迪彻说："没事的，我们休息一会儿，然后再去圣米歇尔别墅。这是最重要的。"

海迪彻给他搬来一把椅子，让他坐下休息，她去排队买冰淇淋。杰玛勒·曼苏尔很喜欢红房子里的制冷设备吹出来的凉风。同时，他心里又想，要是海迪彻一个人进去参观的话，自己就可以不用这样忍受疼痛了。

海迪彻很快就回来了。她手里拿着一支冰淇淋甜筒，是他最喜欢吃的柠檬口味。两个人坐下来静静地吃着冰淇淋。休息了一会儿之后，她抬头看着他，好像在问：“我们走吗？”他耗尽浑身的力气站起来，以免自己沉重的身躯压到海迪彻纤细的胳膊。他开玩笑似的说：

"我的疼痛你看不见。但现在，盲人已经成了一个瘸子。"

他的声音包含着无限的惆怅，海迪彻赶快跑过来，绕着他转了一圈，站在他面前，拥抱他，安慰他。杰玛勒·曼苏尔也抱着她，抚摸她。过了一会儿，两个人继续朝着圣米歇尔别墅走去。

别墅的入口狭小破旧，似乎呈现不出美的特征。进入别墅后，映入眼帘的是一间厨房和两间小屋，稍后的位置便是一块方方正正的院子，院子的每个角落都安放着希腊众神的塑像。院子的一侧有一个台阶，直通第一级高台北侧的二楼。这层楼里有一个客厅和餐厅，还有一间卧室。卧室比较宽敞，里面有床、桌子和沙发。餐厅里的陈设和楼下的厨房差不多，用的都是天然仿古家具，焦褐色的铁把手与坚硬的木头浑然一体，相得益彰。一旁的沙发尽显做工的精致和材质的高贵。从房间里简单的陈设可以推测，别墅的主人在逃离时带走了所有的东西。仔细观察整个别墅的构造，可以看出，这栋别墅是分阶段修建的，整个别墅逐渐扩大建造规模，最后才修建了花园。高台北侧的二楼以格子状的由木头搭建而成的棚子为起点，里面有两排罗马风格的柱子，上面爬满了鲜花和绿叶。沿着两排柱子，便走到了扶梯前。沿扶梯而上，可以见到一条长廊，这条长廊直通顶层的阳台，在那里可以俯瞰大海。阳台上有一个微型的狮身人面像，面朝湛蓝色的大海。在这里，一个大理石修造的壁龛挡住了前行的方向。海迪彻说：

"这栋别墅的主人是一个瑞典医生。他是为了休闲才建造的别墅，所以这里并没有莱西别墅那样与情人有关的装饰。"

杰玛勒·曼苏尔问：

"这栋房子有阿拉伯建筑的风格吗？"

"差不多，露天庭院很像马穆鲁克时期的建筑风格，楼上的围墙也是这样的。"

和皮萨·迪勒·波波洛广场上的方尖碑那独特而美好的属性一样，狮身人面像也有一半融合了西方式的风格与特点。他仔细观察着狮子那透着玫瑰色的身体，又望着别墅旁边呈阶梯状分布的小森林，尽情地欣赏着那里人工与自然组合的美景。为了不让沉默继续下去，海迪彻说：

"这个瑞典人在建筑中最大限度地融合了自然属性，以表达内心的想法。"

他们看到身边有一对老夫妇，便请这对老夫妇帮忙给自己拍了几张照片。两个人站在狮身人面像的两旁，老先生给他们拍了几张合影。他们拿过来看了看，客气地说：

"谢谢，照得很好。"

海迪彻道谢之后，拿回了手机。看到杰玛勒·曼苏尔心情不错，她自己也很高兴。她搂住杰玛勒·曼苏尔说：

"吻我。"

杰玛勒·曼苏尔抱着她，慢慢把头伸了过去。她转过身，坐在旁边的大理石长凳上。杰玛勒·曼苏尔跟过去，坐在她旁边，感受着身下大理石泛出的冰凉。

她有些难过地说：

"和我在一起，你好像无法满足？"

杰玛勒·曼苏尔挑衅地回了一句：

"因为我们没有再做过！"

海迪彻兴奋地回答道：

"这算什么？一点儿都不好笑。"

杰玛勒·曼苏尔没有回答。她继续说：

"你是不是喜欢丰满的女人？"

随后她对他说，前几天他们在柠檬阁餐厅吃饭，她从卫生间回来的时候，看到杰玛勒·曼苏尔一直盯着邻桌一个矮胖的美国女人的大屁股。杰玛勒·曼苏尔矢口否认。海迪彻并不相信他的说辞，于是，他改变了自己的策略。

"是的，我的确是在看她的屁股，不过，我是在思考，而不是在欣赏。"

"我顺着你的目光看过去，看到那个胖女人正在和你对视。"

"我是在同情她的丈夫。"

海迪彻站起来，顺着斜坡走下凉棚。杰玛勒·曼苏尔跟了过去，心中觉得有点不甘心。光线和树荫不断地照映着她的蕾丝连衣裙，从她飞快的脚步来判断，她的意识是非常清晰的。

二十四

到了晚上，杰玛勒·曼苏尔的屁股就像火烧一般焦灼难耐。即便如此，他还在咬牙忍着。他觉得没法说出自己疼痛的部位，即使痛得脸上的肌肉都扭曲变形了，还是拒绝看医生。

"小事儿，没必要看医生。"

海迪彻把手放在他的额头上，确认他有没有发烧。然后她问：

"你确定不去看医生？"

她躺在杰玛勒·曼苏尔的旁边。他对她说：

"请给我两个耳塞。"

"我不会给你的，你需要其他的东西。"

他伸开胳膊，让海迪彻枕在上面，然后再用另一条胳膊把她抱住。海迪彻挨着他，感觉到他的手游走在自己的后背。她的双乳隐隐约约地藏在轻薄的衬衫里面，溢出了青春的气息。他现在的注意力集中在已经传遍整个身体的疼痛上，胸口的疼痛要远远大于屁股的疼痛。此时，他不再用手抚摸着海迪彻的脊背，而是在她的身体里肆意泄欲，尽享安宁。不一会儿，海迪彻就发出了轻微而有规律的呼吸声。杰玛勒·曼苏尔慢慢挪开身体,转身面朝天花板,跷起腿,让臀部的空气最大限度地流通。

他咬了咬牙,心里默默想着,活了这把年纪了,从来没有感受过如此剧烈的疼痛。在有生之年,他没有受过伤,也没有得过大病,仅有的几次伤风感冒,都成了弟弟妹妹关心的焦点,让他在家好好享受一番假期。

清晨的第一缕阳光照在褐色窗帘上的时候,杰玛勒·曼苏尔还有些睡意。打个盹儿的工夫,他梦见了自己与一个年轻的姑娘紧紧相拥,但是,一阵疼痛很快让他从梦中苏醒。海迪彻摇醒了他,从他困倦发红的眼睛里,她推测出他没有睡好。她问道:

"你是不是很难受啊?为什么不叫醒我呢?"

他没有回答。海迪彻忽然觉得有些不认识眼前的这个人——这个弱小、敏感而且需要别人帮助的人。

"你起来吧,我们去看医生。"

几分钟之后,两个人就收拾好了。杰玛勒·曼苏尔把他的护照夹在旅行健康保险单里,海迪彻看了一眼手表,说:

"时间不早了,我们先去餐厅吃点儿东西。"

他点点头。海迪彻选了靠近阳台位置第一排的一张空桌子,因为杰玛勒·曼苏尔喜欢阳台。海迪彻让他坐下,给他要了一杯双份浓缩咖啡,自己点了一杯英式早茶,然后走过去拿早餐。杰玛勒·曼苏尔看了一圈,觉得自己在以错误的方式赶赴这个远行的约会。他好奇地观察着自己看到的一切,向所有人致以微笑和问候。远处飞来的小鸟落在枝杈上,鲜艳的玫瑰绽放在水池中,但遗憾的是，这里无处不在的纯洁似乎与偷袭自己的痛苦感受存在着某种难以解释的不协调。然而，当他的心被海迪彻猎取之后，两人之间的情感再也无法静置，激情燃烧，欲望爆棚。

服务员端来茶和咖啡。他把茶包浸入茶壶，然后开始喝自己的咖啡。海迪彻端着两个盘子回来，坐在他身旁，给他喂饭。杰玛勒·曼苏尔没有阻拦她。他感觉自己已经失去了味觉功能，尝不出饭的任何味道。他让海迪彻先吃，自己喝一会儿咖啡。或许将注意力分散到周围的游客身上，可以让疼痛稍微得到一些缓解。根据人们脸上的表情，杰玛勒·曼苏尔可以猜到谁度过了一个美好的夜晚；从两个人谈话的音量上，他也能看出哪一方处于强势地位，哪一个更爱着对方。他的眼睛转来转去，观察了好长一段时间，心里反复思考着一句话："爱情的天平就像公正的天平，很难处于绝对的平衡。"

海迪彻走到前台，询问附近哪里有医院。服务员回答说：

"这里有个健康中心，但是我不建议你们去。曾经有人头痛需要治疗，但是从那里出来时，已经被锯掉了一只胳膊。"

前台的服务员一边绘声绘色地给他们描述那个健康中心，一边建议他们去找隔壁的医生。海迪彻问：

"他现在出诊吗？"

服务员回答说：

"他的诊所开在家里，你直接过去敲门就行。"

于是，海迪彻挽着杰玛勒·曼苏尔去了诊所。医生的诊所在一家商店的楼上，穿过巷道里的楼梯就可以到达。海迪彻让杰玛勒·曼苏尔在楼下等着，自己转身上楼梯，按门铃，敲门。这时，商店的主人出来看了一眼海迪彻，判断她应该是来找医生的，于是告诉她，医生半小时前就出门了。寻医无果后，他俩不得不前往温贝托广场后面的健康中心。还好，从巷道去那儿，只有五分钟的路程。

在健康中心的接待室，他们挂了号，没有被要求做其他的检查。他们被带到了一间专门的检查室。一位医生为他接诊。医生让他坐下，听杰玛勒·曼苏尔描述了症状，之后让他到屏风的后面找一个位置，等着就诊。医生戴上手套，走了过去，对杰玛勒·曼苏尔说：

"弯腰。"

医生伸手摸了摸他的肛门，然后说：

"小毛病，步行过多导致的局部发炎。不过，因为你没有及时就诊，所以现在的状况比较严重。"

医生转身回到他的办公桌。杰玛勒·曼苏尔穿好裤子后，也跟了过来，坐在医生的面前。海迪彻刚好看到了杰玛勒·曼苏尔的表情。医生开了一些口服抗生素和消炎药，然后问道：

"两位是从哪里来的？"

海迪彻说：

"埃及。"

医生惊讶地用意大利语说了一声：

"埃及！"

随后，医生开始详细地询问什么时候去卢克索旅游最好，因

为他正计划带全家去埃及旅游,他的女儿还想去亲手摸摸法老。杰玛勒·曼苏尔回答说:

"从十一月初到第二年的四月底,是最好的旅游时段。这段时间的气候是最好的。"

和医生交换了几个有关旅游的话题之后,杰玛勒·曼苏尔就停了下来,因为他的疼痛又发作了。他感觉医生似乎并没有告知他真正的病情。他没有明确地说明病情的严重性,或许会引起海迪彻的担心。杰玛勒·曼苏尔突然问医生:

"卡普里岛上死过人吗?"

医生发出一阵大笑,回答道:

"不用担心,你觉得会有人因为屁股疼而疼死吗?"

杰玛勒·曼苏尔觉得很疼,又觉得很好笑,随后说:

"我不是害怕,只是问问。我知道,就算是屁股发炎了,也用不着去看墓地。"

海迪彻插话说:

"亲爱的,我们去莱西别墅的路上就有一块墓地。"

医生认真地说:

"死亡确实是存在的。但是,我想没有一个游客会希望死在卡普里岛。"

杰玛勒·曼苏尔反驳道:

"我们来这儿之后,从来没有见过送葬的队伍。"

"那是因为你不想看。我昨天早上在圣斯特凡诺教堂参加了一场追悼会,下午又去参加了一场婚礼。"

海迪彻说：

"我们也看到了一场婚礼，就在昨天。"

医生说：

"如果你去问问其他游客，你就会知道，他们都和你们俩一样，只看到了那场婚礼。这并不是一件坏事。"

医生与他们握手告别，叮嘱杰玛勒·曼苏尔要好好休息。

二十五

这是杰玛勒·曼苏尔遵循医嘱后,海迪彻第一次一个人外出。

海迪彻穿过酒店大门,走到广场。清晨的微风吹散了她的头发,她的心里百感交集。她现在感觉非常轻松,仿佛自己曾经是连体婴儿中的一个,却在几分钟之前脱离了虚弱的另一半。不过,这种轻松的感觉很快就没有了,她不由得为杰玛勒·曼苏尔现在的处境感到难过。杰玛勒·曼苏尔被她丢在了酒店,两条腿被架起来放在枕头上,以减少疼痛的折磨。海迪彻路过不远处的一家美容院,心想:"这次来旅游,我没有保养头发,也没有做美甲。我不能只顾着他,也该做点儿自己的事了。"

她推开玻璃门走了进去。美容院里的每个人都在忙着各自手头上的事。老板给她预约到了两个小时之后。她想了想,觉得还有一件事应该可以在两个小时内处理好。海迪彻想起了一家香水店。那家店铺坐落在可以俯瞰卡托希亚修道院的一个小山丘上。那个修道院有一座很大的花园。她想:"我可以先去买点儿东西,然后在修道院安静的花园里消磨剩余的两个小时。"

海迪彻一边走着一边想着，沿着蜿蜒曲折的巷道往前走。她很熟悉这条路。忽然，她闻到一股奇妙的味道，不由得停下脚步。她循着味道走过去，看到一家甜点店铺。店铺不大，顾客在门口排着队等待购买。海迪彻也排到了长长的队伍后面，但是轮到她的时候，她只要了一个冰淇淋甜筒。

她很快就走到了香水店。一进店门，年轻的销售员便带着满脸笑容迎接她。一位年龄在六十岁上下的老夫人——她被称作"宝拉女士"——从收银机后面走过来，和她打了声招呼。

"欢迎光临，您好啊！"

海迪彻惊讶地回答道：

"你认识我？"

老夫人轻轻地摇摇头。她身旁的一位男士脸上长着两个小酒窝，样子非常迷人。他笑着看了看海迪彻，问：

"你是阿拉伯人？"

海迪彻笑着回答道：

"西班牙人。"

他十分肯定地说：

"不对，你应该是阿拉伯人。"

海迪彻的笑容更加灿烂了，她问：

"你是怎么知道的？我觉得我的长相和地中海人的长相差不多，很多人都说我是希腊人或者西班牙人，或许还是卡普里人呢。"

海迪彻的脸上泛起了一阵红晕。这个男人想要陈述一下他的意见，于是说：

"你肯定是阿拉伯人。其实，我也是阿拉伯人。"

海迪彻惊讶地看着他。她看到了挂在他胸前的一个小名牌，上面写着：奥尔多·本·多纳托。

"奥尔多，这是阿拉伯人的名字吗？"

"这是一个很长的故事。"

海迪彻并没有接他的话茬，回头对宝拉女士说：

"你们今年有什么新产品？"

"这些香水你肯定都知道了，那些香皂是我们今年推出的新产品。"

海迪彻看了一眼他们介绍的香皂。那些香皂放在铺满干草的木箱子上面，或许是为了更好地通风和晾干。接着，她又看了看别的产品，包括女士钟爱的清香型香水，还有男士常用的古龙香水、剃须膏等。但是，她发现自己不能集中注意力去关注那些商品，因为奥尔多的目光一直没有离开她移动的影子，那双黑色长睫毛下的眼睛一有机会就会偷偷地瞄过来。她突然有些疑惑："这怎么回事？他好像戴了假睫毛！"她忍不住多看了这位年轻人两眼。他的面容充满阳光，运动员一般健康匀称的身上没有一点儿多余的赘肉。他穿着一件白色的针织外套，显得非常有活力。他离开自己的位置，朝着海迪彻走了过来。

"你想给你的爸爸买一些东西吗？"

"不是，是给我的未婚夫。"

"他也和你的年龄差不多，二十多岁吗？"

海迪彻挑衅地看了他一眼，没有回话。

"抱歉啊，如果我说的话冒犯了你的话。"

"没有，谢谢你。"

他指着男士剃须后专用的润肤膏，解释说：

"这一款适合年轻人，那款适合像我这样的四十多岁的中年人，它还有抗衰老的功能。"

解释完之后，他走回自己的位置。他的旁边是宝拉女士的工作台。海迪彻对比了一下这两款男士专用的润肤膏，最终选择了后者。她挑了几款非著名品牌的女用香水，也给杰玛勒·曼苏尔挑选了一款适合他用的。海迪彻带着挑选好的东西到收银台准备付款时，奥尔多走过来对她说：

"栀子花和柠檬花这两款香水不适合你。"

海迪彻一脸疑惑地看着他。只见他走过去，拿出一个小瓶，在她面前晃了晃，又把香水喷在试香纸上，让香水自由挥发。然后，他把玻璃瓶拿给海迪彻，说道：

"这款香水非常适合像你这样年轻貌美的女士使用。它是用卡普里岛上八十多种纯天然无污染的野生花卉萃取而成的，香味浓郁，淡雅不俗。"

海迪彻匆忙嗅了嗅，不好做出评价，因为奥尔多就在她身边，她能感觉到他微热的呼吸已经触到了自己的皮肤。她友好地点了点头，表示这款香水还可以。奥尔多让收银员把这瓶香水一起算在账单里，海迪彻却坚持说：

"还是要刚才那一瓶吧。"

奥尔多撇了撇嘴,露出遗憾的表情。他回到海迪彻身边说:

"这款香水,我们做得非常少。如果你今天晚上或者明天再光顾本店的话,我会考虑给你留一瓶。"

海迪彻漫不经心地回应了一句:

"谢谢,我明早会来的。"

海迪彻拿出银行卡,递给收银员。店员收了钱之后,把银行卡和购物袋一并递给海迪彻。海迪彻拿着买好的东西,回头看了一眼店里的人,走出香水店,循着来时的路走了回去。因为在香水店购物耗费了一些时间,她现在不得不放弃去修道院公园休息的计划。

她看了一眼手表,离美容院预约的时间还有不到一小时。从香水店到美容院的路虽然还有一段距离,但时间还是很充裕的。海迪彻从容不迫地往前走着。她发现了一家服装店,站在橱窗前看了好久。她很喜欢店里展示的一件衣服,于是把这家店的名字默默地记在了心里,想回头再过来买。继续往前走了没几步,豆粒大的雨点儿忽然从天而降,尽管天空依然艳阳高照。海迪彻快走了几步,躲在一家店铺的遮阳伞下,雨停之后再继续赶路。

海迪彻在预约的时间来到了美容院。一进门,她就看到一位年近五十的女士在等着自己。这位女士穿着天蓝色连衣裙,胸脯非常丰满。美发的时候,海迪彻心里在想:或许她可以满足杰玛勒·曼苏尔的胃口。海迪彻闭上眼睛,任由她的十指在自己的头发间游走,享受着被服务的过程。

海迪彻回到酒店时,杰玛勒·曼苏尔还在睡觉。于是,她蹑手蹑脚地去换衣服,但还是把他吵醒了。他说了一声:"你回来了。"

"你现在好了一点儿没有?"

杰玛勒·曼苏尔忍着痛,笑着说:

"抹了医生给我的药膏之后,感觉要被截肢了。"

海迪彻建议他躺在冷水里,可能会感觉轻松一些。

"别担心,你疼痛的地方,从颜色来看已经好多了。抹上这个药膏可能会有一点儿疼,但能把细菌清理掉。"

海迪彻走进浴室,清理浴缸,换上干净的水,又准备了要替换的内衣,然后拉他过去,帮他脱下衣服,扶他进入浴缸。她弯下腰,亲吻他的额头,随后走出浴室。海迪彻叫服务员把午餐送到房间,转身拉开窗帘,打开阳台的门,打算坐在阳台用餐。刚才下了雨,桌子上有水珠,她抽出纸巾,把桌子擦拭干净。

午餐送过来了。她起身关上浴室的门,让服务员把午餐放到阳台。送走服务员之后,海迪彻拿出一个插满黄色百合花的玻璃花瓶,放在阳台上,让用餐的环境更加温馨。她走进浴室,帮杰玛勒·曼苏尔擦干身体,穿好衣服,又带他来到阳台上。阳台上有些凉,海迪彻怕他感冒,于是说:

"是不是不该在外面吃?要不我们回屋里吧?"

"不用,我的抵抗力很强的。"

他俩面对面地坐在桌子旁边,准备享用美食。杰玛勒·曼苏尔对她说:

"你以为我要死了吗?"

这句话似乎只是对她开玩笑,但海迪彻从他的话里听出了一丝悲伤。海迪彻很了解他,知道他会通过笑话来掩饰自己内心的忧虑。她站在杰玛勒·曼苏尔身后,搂着他的头,让他靠在椅背上,低头吻着他。她咬住他的嘴唇,他们的牙齿碰触在一起。片刻之后,她对杰玛勒·曼苏尔大声说:

"现在我们俩一样了,都是伤痕累累的!"

杰玛勒·曼苏尔摸了摸嘴唇,心里还是挺高兴的。海迪彻坐回到凳子上,盯着他,看到他的脸上又浮现出一丝忧愁的神色,便低下头,默不作声地继续用餐。

二十六

海迪彻醒来的时候，感觉有些烦闷。她觉得自己正在陪着一个老头子，因为杰玛勒·曼苏尔的病情到现在还没有什么好转。

"或许苏珊说的是对的。"她想起了闺蜜对自己的忠告。那位闺蜜之前嫁给了一个老头子。"你每天都会长大一岁，直到你变得和你丈夫一样大。一开始，你会受不了他的懒惰和虚弱，但当你逐渐衰老时，你很快就会发现，你也变得和他一样了。"苏珊给她讲这些的时候，她还反驳说："杰玛勒·曼苏尔可没有你丈夫那么老，他一直都很有活力。"

她点了早餐，两个人坐在电视机前的餐桌旁边用餐。她拿起叉子，把盘子里的食物切成小片，再送到嘴里，慢慢咀嚼，回味着食物的甘美。此刻，他们俩都在试图避免把享用早餐伪装成同情对方的虚假行为。海迪彻收拾好盘子，把它们拿到房门外面。返回房间时，她看到了杰玛勒·曼苏尔心不在焉的样子。杰玛勒·曼苏尔问：

"你今天要去哪儿啊？"

"今天我不打算外出了。"

"今天是我们在这里的最后一天了，要是我可以陪你出去的话，多少也得转一会儿。"

海迪彻一边做着外出的准备，一边欣赏自己的新发型。她想起来，昨天回来的时候，杰玛勒·曼苏尔并没有对自己的新发型加以评论。想到这儿的时候，她有点自责："他那个样子，怎么可能注意到我？"然而，转瞬之间，她又为自己内心的感受找到了辩解的理由。"他从来就没有注意过我变化的细节，从第一次见面，他就没有对我做过任何评价，连看到我为这次旅行专门购买的睡衣，他都没有说过一句话。"

走在路上，海迪彻也没能摆脱这个萦绕在脑中的念头，一直在回想刚才她想到的问题。走到一段坡度比较大的人行道上时，她才留意到脚下的路上铺满了黑色石子。她忽然想起来，有一次她责备过杰玛勒·曼苏尔，因为他没有赞美自己的连衣裙，他那时的回应却惹得她大笑不已。他说："最好看的连衣裙是脱下来的连衣裙。"她想走去广场，却发现自己走错了路，那是通往香水店的巷道。

她跛着脚走进了香水店，看到奥尔多还像昨天那样站在宝拉女士的旁边。海迪彻朝他俩走了过去，奥尔多用意大利语大声向她打着招呼：

"您好。"

然后，他指着海迪彻的脚说：

"是不是这双新鞋把你的脚趾弄伤了？"

说完，他搬过一把椅子，请海迪彻坐下，又让她伸出脚。海迪彻脱下鞋袜，他蹲在她的面前，抓住她的脚，用手轻轻地捏着，好像在做着什么检查。海迪彻被吓到了，但又不好拒绝。她怀疑艺术家都非常痴迷于女士的脚。奥尔多仔细检查了她的脚后，到旁边的储物间里拿出消毒液和创可贴，为她进行了相应的处理。之后，他想帮海迪彻穿上鞋子，但她把鞋子拿了过来，坚持要自己穿，不想麻烦别人。他把消毒液放回储物间，又从另一间储藏室拿来一瓶许诺留给海迪彻的香水，说：

"这款香水叫皇后，但它的创意不只体现在名字上面。"

奥尔多滔滔不绝地给海迪彻讲起了这款香水的来龙去脉，还有它的发明故事。在中世纪的时候，一位皇后突然造访这座小岛。卡普里岛修道院的神父专门为她采集了这个岛上生长的野花，数量有八十朵。这些野花都是当地最美丽的花，不仅颜色鲜艳，而且香味四溢。皇后离开之后，那八十朵花就被插在了水里，很多天都没有人动。后来，一位僧侣想要扔掉那些花的时候，却嗅到了一股从未闻到过的香味儿，沁人心脾。于是，僧侣急忙到香料师傅那里寻找这股味道的源头，最终发现，这股味道来自一汪酸水。后来，修道院的人们尝试用蒸馏的方法，以岛上的野生花朵为原料制作香水，这就是今天皇后香水的雏形，那位僧侣所使用的制香方法也一直沿用至今。说到这儿的时候，奥尔多发现海迪彻脸色发白。他盯着她说：

"你需要呼吸一些新鲜空气。"

还没等她做出反应，奥尔多就抓住了她的手，拉着她，从容不迫地往外走,那只纤细的手,就像被握在男孩手中的麻雀一样。海迪彻的心狂跳不止,内心充满惊恐与胆怯。

走出店门,奥尔多就放开了她的手,和她并肩走在巷道里。他伸出胳膊护着海迪彻,防止她跌倒。他像盾牌一样保护着她。海迪彻迈着大步往前走,裙摆滑过他的手臂,发出不绝于耳的沙沙的声音。

走过公园大门的时候,奥尔多再次抓住了海迪彻的手,牵着她走下台阶,进入公园。他俩肩并肩地走在公园里一条笔直的小路上。草地上鲜花盛开,阳光灿烂,显得格外安逸祥和。远处的房屋整齐划一,金色的圆顶已经褪去了一些颜色。从房屋间狭小的缝隙里可以看到大海,海迪彻这才发现,原来修道院是建在海上的。她惊讶地说:

"我都不知道大海就在眼前。"

"这些房屋挡住了你的视线。"

"卡普里岛时刻会给人带来惊喜。不经意间,大海就会出现在眼前。"

"卡普里岛的构造就像人的生活一样。行走在蜿蜒曲折的小巷子里,总是看不到前行的尽头;但是,当大海突然出现时,人们就会明白,一切事情都是有穷尽的。"

海迪彻很喜欢他的比喻,回头看了看他,又看了看不远处的长凳,说:

"我们可以休息一会儿吗?"

"当然可以,你的脚感觉好一些了吗?"

"好多了。"

海迪彻坐下来,奥尔多也坐在了她身边。她低头看着凳子。他自言自语地说:

"我这一辈子都是在这里度过的。"

"你一年四季都待在这里吗?"

"是的,我一直都在香水作坊,就在那座教堂后面。我小时候就在那里干活,长大后又和那些修女们一起生活。"

他举起手,指着那座修道院,然后继续说:

"这座修道院是混居的。我的意思是,修士住一侧,修女住另一侧。"

海迪彻听到了他刚才的口误,笑了一下,然后又好奇地问他:

"那么,为什么你住在修女居住的那一侧?"

奥尔多随声附和她的玩笑,回道:

"因为我是阿拉伯人。"

"你之前和我说过,你是认真的吗?"

他问海迪彻:

"你知道本·多纳托是什么意思吗?"

海迪彻摇摇头。他说:

"意思就是被抛弃的人。你要是喜欢的话,也可以叫我被抛弃的奥尔多。"

他苦笑一声,脸上瞬间挂满了悲伤。海迪彻问他:

"那你和阿拉伯人又有什么关系?"

"我是一个吉达青年和索伦托城边的一个村姑所生的孩子。你知道索伦托城吧？就在卡普里岛对面。"

他说话的声音变了，流露出些许忧伤。他给海迪彻讲了那个女孩的故事。那是一个夏天，电影明星们来卡普里岛上度假。为了能够亲眼看到明星，那个女孩和同伴们也来到了这座岛上。那天，她没有和同伴们一起回家，而是在一个游客的房间里度过了一晚。第二天回到村子时，她谎称和同伴们走散，一个人回不去了，便在广场过了一夜。

奥尔多的声音微微颤抖，感觉非常羞涩，但他还是假装笑了笑，继续平静地说：

"要知道，早些时候的意大利人和你们是完全一样的，誓死以守护女孩的童贞为荣耀。"

海迪彻没有立即回应他，而是沉默了很久。他随后继续说：

"那个姑娘发现自己怀孕了，就回到岛上找那个阿拉伯男人，但是已经找不到了。她回到村子以后，非常害怕，就躲进了修道院。后来，她在香水作坊里找了一份差事。我出生后，第一眼看到的东西就是香水作坊里的发酵罐和冷凝瓶。"

看到海迪彻惊讶的样子，他不再说话。停顿了片刻，他又指着修女居住的那一侧对她说：

"海迪彻，你知道我妈妈吧？"

她感到有些错愕，奥尔多竟然叫出了自己的名字！她心里想，他在窥探别人的隐私，这种越界的行为让人心生不悦。不过，她已经适应了他说话的方式，感觉从他嘴里说出的自己的名字，听着还比较顺耳，于是，她不再和他计较。忽然，海迪彻想起他刚

才说的话,大声询问道:

"你不要告诉我,她就是宝拉女士!"

"是的,她就是我妈妈。每当我做完作坊里的事情,就会过来站在她身边,等她下班,一起回安纳卡普里的公寓。"

海迪彻觉得自己无法接受眼前的事实。她站起来,盯着奥尔多,希望能从他的脸上找到宝拉女士以及那个男人的影子。他长得非常像他的妈妈,而那个阿拉伯男人的痕迹,仅仅留在他的眉头及长长的睫毛上。海迪彻试探着问:

"直到现在,你还没见过你爸爸吗?"

"我妈妈苦苦寻找了三年,才找到了他的住址。但是,他不承认,也不接受我们,直到最近,他才承认了和我的血缘关系。去年冬天我找过他。他是一个商人。"

他拿出手机,给海迪彻看他和父亲站在一起的照片。照片上,他穿着海湾地区传统的阿拉伯长袍,戴着头巾和头箍。

"特别帅。"

她看了好几遍,都觉得这就是电影《阿拉伯的劳伦斯》中欧麦尔·谢里夫出现的场景。

"你确定你妈妈当时找的就是这个人,而不是欧麦尔·谢里夫?"

他笑着回答说:

"谢谢。"

海迪彻感到非常高兴,因为他亲口对自己说了谢谢,而且他说出的话有卡普里岛柠檬蛋糕的味道。她肯定地说:

"事实上,昨天见到你的时候,我就感觉之前在哪儿见过你。现在我明白了,你和我喜欢的明星长得太像了。"

"或许只是灰色的头发有点像而已!"

他笑得更开心了,鼓起勇气继续讲他的故事。不过海迪彻有点儿着急,对他说:

"我要走了。我的未婚夫还在酒店,他昨天就病了,现在还没有好转。"

她站起来,和奥尔多握手告别。

"能告诉我你的电话吗?"

"卡普里岛很小,我们一定还会再见面的。"

奥尔多的脸上泛起了红晕,似乎有些羞涩。海迪彻把自己的电话号码告诉了他,略带歉意地说:

"我没有别的意思,卡普里岛真的很小。"

"我想认识一下你的未婚夫。"

"或许我会和他一起回埃及。"

奥尔多握了握她的手,故意停下来,不肯松开。

"海迪彻,我们一定会见面的。"

他一边说,一边看着她。海迪彻点点头,收回手,离开了。

二十七

杰玛勒·曼苏尔在酒店的房间里待到了第二天。这会儿,他感觉好了很多。他随手拿起纳吉布·马哈福兹的《自传的回声》,坐在阳台上读了起来。读了几页之后,他感觉自己无法集中精力,便收起书,放到了桌子上。然后,他坐在临街的椅子上,头靠着冰凉的金属框沿,观察着巷道里来来往往的行人。忽然,他觉得自己在这个喧嚣的世界里完全是多余的,没有谁能注意到他的存在。在这种心理作用的刺激下,他感到眼前一阵昏暗,就像做了一场噩梦一样,感觉自己仿佛正赤脚站在大学广场的正中央。

他想到了海迪彻,不知道她现在正在往哪个方向走。"她是这个世界的一部分,能和这个世界一起歌唱,也知道如何享受生活。"杰玛勒·曼苏尔的思绪跟着街上的行人移动着。他尽力从人群当中区分游客和当地居民,而且绞尽脑汁地想象着当地居民在连续四个月的大雨和浓雾中的生活状态,还猜测着行人及随行者的年龄。

海迪彻回到酒店,走到屋子中央时,杰玛勒·曼苏尔才注意

到她已经回来了。她把包扔到床上,边走边对杰玛勒·曼苏尔说:

"亲爱的,你现在感觉怎么样了?"

"胖熊感觉瘦猴回来晚了。"

"看来你现在好多了,你不要乱说怪话。"

海迪彻搂住了他。她身上的香水味儿让杰玛勒·曼苏尔的精神抖擞了很多。她咬住了他的耳垂,他感觉身体一阵酥麻,沸腾的热血狂奔于四肢。他盯着自己的两只手,似乎能够看到皮肤上鲜活的细胞在缓慢地蠕动。他真希望这一刻能够一直持续下去,但是,海迪彻却突然停了下来,不再抚摸他,而是走过来,坐在了旁边的凳子上。他美好的遐想被迫终止,悲伤之情再次涌上心头。他在心里不禁问道:"这种戛然而至的忧伤是来自外部还是自身?或者说,它存在于所有的事情之中?"

他顺着海迪彻欣喜的目光看向远处,正好借此检验一下自己抵御飘忽不定的抑郁的能力。海迪彻意识到他一直在盯着自己看,便指了指索拉罗山顶的云海,那里是卡普里岛的最高峰。她对杰玛勒·曼苏尔说:

"我要一份午餐,让他们送到房间里来。"

"如果你愿意的话,我们可以出去吃。"

"晚餐我们再出去吃吧,你需要好好休息。"

海迪彻说着走进房间里,给服务员打电话订餐。杰玛勒·曼苏尔跟着她走进来,站在旁边,轻抚她的头发。海迪彻听着电话另一端服务员报的菜单。放下电话之后,杰玛勒·曼苏尔便抱住了她,但她转身溜走了,说:

"我去洗个澡,我不喜欢汗味儿。"

"我只闻到了你身上的香水味儿,让我再闻一下你的汗味儿吧。"

他让海迪彻站住,走过去凑近她的胳肢窝。海迪彻拨开他的手,去衣柜找干净的衣服,然后走进浴室冲凉。杰玛勒·曼苏尔听见她关门的声音后,便躺在了床上。他想象不出他们未来的关系会变成什么样,但眼前最重要的事情,就是让自己在突如其来的病痛中获得一点儿暂时的舒适。

浴室的门打开了,海迪彻走了出来,脸上带着红晕。她穿着一件露脐衫和一件低腰裤,身上披着宽大的浴袍。杰玛勒·曼苏尔伸开两只胳膊,把她搂入怀中。

晚上,他俩离开酒店,挽着胳膊,一直走到温贝托广场。以往步行前往目的地的时候,杰玛勒·曼苏尔都是非常高兴的,但这一次,他心里却有点儿不悦。他俩叫了一辆出租车,但车走了一段路程之后就不再往前走了,所以,他俩只好步行去餐厅,而他们走的那条路,出租车明明是可以过去的。他们朝餐厅走的时候,看到不远处有一个男人带着两个女人,下车之后四处张望。海迪彻问他们:

"你们是在找柠檬餐厅吗?"

那个男人笑着点点头,他看起来有七十多岁了。海迪彻朝他身后的人招手,让他们跟着他俩一起过去。他们走到了一个狭窄的胡同,往前走就是餐厅的方向。那个男人介绍说:

"我们来自巴西,但我的祖籍是黎巴嫩。"

杰玛勒·曼苏尔用阿拉伯语跟他说：

"黎巴嫩？那么，你们也会说阿拉伯语吧。"

"只有我会说，我的妻子和女儿只会说几句简单的阿拉伯语。"

然后，他指了指他四十多岁的女儿。她点头说：

"你好。"

太阳马上就要落山了，但这里还不够热闹。餐厅门口站着几位服务员，看到他们一行人，争先恐后地过来迎接。其中一位问海迪彻：

"是西尼奥拉·巴比女士吗？"

说完，服务员带着他俩走了。那一家巴西人被另一位服务员带到了别处。和上次一样，刻着海迪彻名字的陶片用一个小树枝固定着，放在他俩预订的那张桌子上。服务员点燃了两根香薰蜡烛，空气中窜起了两簇火苗。服务员离开了一会儿，随后端来了两杯香槟。

海迪彻点了几份开胃菜，帕玛森芝士、波尔塔奶酪和烤马苏里拉奶酪，再配几片柠檬叶，又要了一份西西里通心粉，这算是主食。然后，她瞪着两只大眼睛看着杰玛勒·曼苏尔，领会到他想要一份佛罗伦萨烤牛排。

她不知道为什么他俩会在柠檬餐厅吃最后一顿晚餐。准备离开前，杰玛勒·曼苏尔曾经问她：

"那家名叫猫尾巴的餐厅不是更好吗？"

海迪彻开玩笑地说：

"难道你喜欢那里的光头女服务员吗？"

服务员端来开胃菜，又顺便拿来一个酒杯。海迪彻品尝着美食，突然对杰玛勒·曼苏尔说：

"你看看那边！"

让海迪彻感到意外的是，她再次见到了那位那不勒斯的亚历山大老人，他的身旁坐着一位年龄相仿的老夫人。

"真可爱。"

那个人好像听到了海迪彻在说他，便走了过来，说道：

"美丽的小姐，你好啊。"

"您好，您旁边的夫人也很美丽。"

"谢谢，你会喜欢听她讲话的。"

说着，他伸出手，拉着海迪彻走到自己的餐桌前，把她介绍给自己的老伴：

"这是我们埃及最漂亮的艺术家。"

那个老夫人拉着海迪彻的手说：

"你像玫瑰一样美丽，见到你很荣幸。"

海迪彻回答说：

"您也非常美丽，我刚才和老先生也说过。"

老夫人笑了笑，海迪彻微微弯腰，表示致意，然后回到了自己的餐桌。

她对杰玛勒·曼苏尔说：

"巴西人是不是很好看？我看到你一直在盯着那个女人。"

"我刚才确实往那边看了，我看的是他们一家，并不是只看他的女儿。"

"她的确很迷人,不是吗?"

"是的,她像朱莉娅·罗伯茨一样迷人,但她的脸上隐藏着一种很可怕的感觉。"

"我昨天也遇见了一个完全没有缺点的年轻人。"

杰玛勒·曼苏尔吓了一跳,问道:

"你喜欢他?"

"他是一个混血儿,像巴西人一样富有激情。"

服务员端着两道主菜走了过来,他俩不再讲话。海迪彻拿起叉子,慢慢品尝着通心粉。看到杰玛勒·曼苏尔坐在一旁一言不发,她便对他说:

"你尝尝这个牛排,如果做得好的话,就给我切一块。"

杰玛勒·曼苏尔用刀叉分割刚刚端来的大块牛排,头也不抬地说:

"他们拿过来,就可以开吃了。"

他切下一块牛排,放到海迪彻的盘子里,然后自己埋头吃着。

"你吃吧,我想听你讲一讲那个混血儿的事。"

"他叫奥尔多。"

看到杰玛勒·曼苏尔什么也不说,她便瞥了他一眼,走过去,在他的脸上吻了一下。然后,她走回来,坐在椅子上,伸手抚摸他的手背,并解释说:

"什么事情也没有,要是有的话,我早就告诉你了。"

杰玛勒·曼苏尔握住她的手,好奇心驱使着他继续追问下去。海迪彻给他讲了奥尔多的事,讲完后,他沉默不语。

"你不觉得他的故事像电影一样吗？"

"没觉得，我倒觉得更像爱情故事。"

"亲爱的，我爱你。我绝对不会一只手同时抓住两个大西瓜的。"

杰玛勒·曼苏尔听着她说话，脸上没有一丝笑意。过了很久，他又追问她：

"你只是在昨天约了他吗？"

"前天我见过他。昨天我只是回去买皇后香水，前天没有买到。"

"你回去不是为了买香水，而是为了见奥尔多。"

"不是的。"

"犯罪学中有一种现象，就是罪犯通常会再次出现在犯罪现场。"

海迪彻没有言语。杰玛勒·曼苏尔想让她回答，又问：

"昨天你为什么不告诉我？"

"没到合适的时候。"

杰玛勒·曼苏尔斟满葡萄酒，一饮而尽，一杯接着一杯，直到瓶子见底，才叫服务员买单。服务员帮他们预约了一辆出租车。过了一会儿，一位男士走来告诉他们：

"三分钟后，二十三号出租车即将到达。"

他俩站起来准备往外走，先看了一眼那家巴西人，挥手告别，然后又向那位亚历山大老人挥手。走出餐厅，他们在街角的转弯处等待预约的出租车。

一轮圆月高挂在空中,流云涌动,月光映在他们的脸上,不一会儿又被一片黑云所遮挡。出租车到了,两人分别打开后排的两侧车门,坐进去,却保持着一定的距离。司机看了一眼杰玛勒·曼苏尔,说:

"你的女儿真漂亮啊。"

他尴尬地回答说:

"她是我的女朋友。"

司机表示了歉意,不再多说话了。

二十八

他俩安静地换着衣服,如同住在同一屋檐下的陌生人。海迪彻穿上一件白色真丝睡衣,系上腰带之后更显青春风采。她经过杰玛勒·曼苏尔身边,去了卫生间,回来后,直接躺在床上自己经常睡觉的那一侧。杰玛勒·曼苏尔在房间里来来回回地踱步,不知道走了多久,才躺了在床的另一侧。

他感觉有点头晕,估计是酒喝多了的缘故。而且,他的脊背也隐隐作痛,这让他的睡意消失殆尽。即便如此,他还是咬牙忍受着。他发现海迪彻也没睡。她在床上辗转反侧,想寻找一个满意的睡姿。于是,他朝她那边挪了挪身子,而海迪彻却移动到了更远的位置。他意识到他们之间已经产生了距离,只好像僵尸一般躺在床上,安静地盯着天花板,回味着往日生活的点点滴滴,大脑中不断回放着过去的画面:童年的时光是那么真切,那么美好,邻家女孩的名字还记忆犹新。他曾经大着胆子和邻居家的姑娘们说笑,她们讥笑他胆小害羞。随着岁月的流逝,那些美好的画面一点一点地被遗忘,与现实生活的距离越来越远。"我们经常会挖掘过去,因为记忆的变化要比思想的转变更为容易。"罗马尼亚裔法国哲学家埃米尔·乔兰的这句话突然出现在杰玛勒·曼苏尔的脑海中。那是一位思想家,而他的书,自己是在两年前才开始翻阅的。

差不多一个小时后,他听到海迪彻发出了有节奏的呼吸声,确定她已经睡着了。他还躺在那里,一动不动。由于不断在脑海中回想往日的那些面孔和名字,他的思绪非常混乱。他在努力整理令人混淆的场景,试图找出与现实匹配的清晰图景。不知从什么时候开始,他感觉头脑有些发麻,终于被带入了不安的睡眠中。

客房里的电话铃声响了。杰玛勒·曼苏尔坐了起来。电话铃响了第二声之后,他拿起话筒,听到了叫醒服务的信息。海迪彻的手机放在床上,放在他俩之间的空隙里,但她没有听到铃声,也没听到WhatsApp信息的声音。她还在睡着,一只手放在枕头下面,另一只手随意地放在脸颊上,她娇小的身子在被子下面蜷曲成了新月状。杰玛勒·曼苏尔站起来,拉开窗帘,回头静静地看着海迪彻,就像第一次看她那样。海迪彻伸手捂着眼睛,遮住外面的光线。看着她纤细白嫩的手指,杰玛勒·曼苏尔的心动了一下。她又伸出手随意放在身边,舒展着眉头。她的眼睑轻松舒展,脸颊上还有按压的痕迹。杰玛勒·曼苏尔的心里突然冒出一个可怕的念头:她的这种美,应该不属于自己。

他轻轻晃了晃海迪彻,她翻了个身,又缩回到了被窝里。他看着她的脸庞,心想:"她的美就像乔兰的思想一样,璀璨明亮,又令人痛苦。"这时,海迪彻睁开眼,正好撞见了杰玛勒·曼苏尔的眼神，她被吓了一跳。她问候了一声，坐起来，靠在床头，拿起手机，快速地翻看着。她顺手把手机放在床头柜上，然后出去做早晨的功课。

杰玛勒·曼苏尔拿起手机，没有看到宰乃白的信息，便走到阳台上给她打电话。电话里传来宰乃白响亮的声音，她让杰玛勒·曼苏尔不要担心两个弟弟，另外，她告诉他，她已经预订好了结婚的宴席。

"哥，我两周后结婚。你今天回来吗？"

杰玛勒·曼苏尔心里非常高兴，因为她没有忘记自己回去的时间，他对她说：

"今天晚上到，九点钟的时候。"

"一路平安哦，你玩得高兴吗？"

"高兴，高兴。"

他挂了电话，心情十分舒畅。

海迪彻从卫生间出来，脱了睡衣。杰玛勒·曼苏尔站在她面前，看着她。她突然说：

"我们只有不到两个小时的时间了。"

他点点头，转身去了卫生间。

餐厅里多了几张新面孔，有些人已经不见了。所有的服务员都面带笑容，向前来就餐的客人问候致意。一位光头的高个子女服务员走过来，询问他俩的餐点：

"双份浓缩咖啡、一杯英式早茶和一份煎蛋卷，对吗？"

杰玛勒·曼苏尔点点头，心想："我们离开的时候，服务员已经记住了我们想要什么，住这种酒店才叫享受生活！"他本想对海迪彻说说自己的发现，但她却在发呆。她到吧台要了一份奶酪拼盘，外加乳清干酪、白蜂蜜和牛角面包，又给杰玛勒·曼苏尔点了一份沙拉。她走回来，把盘子端到杰玛勒·曼苏尔面前，却没有说话。

杰玛勒·曼苏尔望着远处，发现今天的云彩和每天早上的云彩没有什么区别。太阳依旧明媚，高山屹立在蓝天之下，房屋被一片绿色所淹没。所有的一切都保持着原有的状态，只是自己没有之前那么快乐了。杰玛勒·曼苏尔回想昨天发生在他俩之间的争吵："难道我是吃醋了吗？"

海迪彻提醒他说：

"我们现在得上楼去收拾行李了。"

他俩回到房间，各自收拾自己的东西，整理，装箱。海迪彻拨通前台的电话，几分钟后，搬运工过来，拉走了两个大行李箱。

在酒店的前台，他们看到了一名员工，之前他们从未见过这个人。办理完退房手续，他们朝温贝托广场走去，从那儿右转，就能到码头。

他们抵达码头的时候，发现搬运工已经带着两件行李等在那里了。搬运工走在他们前面，一直走到延伸到海里的木桥的尽头。渡轮停靠在预定的位置，放下舷梯，将木桥与船连接在一起。搬运工拖着两件行李上了船，准备托运。这艘渡轮的内部空间非常大，但是并不像在甲板上看着那么漂亮。搬运工做完他的工作后，向他俩挥手告别。

甲板上的舷梯口被堵住了,不能通行。从天色来看,估计一会儿会下雨。来到大厅,海迪彻在一排没人坐的靠窗位置坐下来,看着窗外的大海。杰玛勒·曼苏尔跟过去,坐在她旁边,顺着她的目光,也向外望去。他问道:

"你在等奥尔多吗?"

海迪彻瞪了一眼他,疑惑地问:

"你怎么会记住他的名字?!"

"别紧张。他会在最后一刻出现的,卡普里岛的奇遇从来都是如此。"

她没有说话,目光穿过满是灰尘的玻璃,朝着小岛的方向再次看了过去。

译 后 记

一直以来，我们都曾设想翻译一部阿拉伯小说，由于诸多原因，许久未能如愿。一是选择一本较有影响力且适合中国读者阅读的小说文本不易，二是不熟悉译后出版的路径。我们觉得，只有这两个条件都具备了，译作才能得以传播，才能让不同文化产生交流、交融的基础。

2017年，我们从网络获悉小说《谢谢你和我在一起》在阿联酋举办的"谢赫·扎耶德图书奖"评选中入选文学类奖项长名单，甚为喜悦。于是，托朋友从开罗书店购买了这本小说，跨越远洋带回北京寄给我们。随即，我们三位译者一同研读，决定将之翻译成中文，让中国读者了解埃及作家笔下一对跨越年龄鸿沟的情侣发生在异国他乡的爱情故事。

小说翻译不仅是语码的转换，更是两种语言思维在沟通过程中的语用再现。国外学者提出的翻译对等理论对特定文本的翻译是有效的，而对于非特定文本的翻译而言，则更多注重作品中人物、地点等一些专有名词的对等，除此以外的语言表达应尽量使用读者群体熟知的方式才更容易得到认可。《谢谢你和我在一起》的男女主人公都是埃及人，他们的思考和表达方式都带有极为鲜明的埃及本土特色。在翻译过程中，巧妙合理地进行语言转化让我们大费周折。尽管如此，我们坚持该小说的翻译应在保留原有语言含义的基础上，尽量符合中国读者的阅读习惯。

作者在创作时习惯使用长句子，一个长句中涵盖多个叙述主体，在翻译中往往要把句子"碎尸万段"再进行重组，我们猜测，这样的写作风格或许是受到《一千零一夜》里套娃式故事风格的影响。在翻译过程中，我们经常通过邮件与作者沟通想法，交流思想。2023年11月，我们借访问开罗的机会，专门拜会了作者，畅谈小说翻译和出版事宜。当被问及小说的写作风格时，作者不假思索地说，他的这部小说故事架构确实延续了《一千零一夜》的特色，还继承了埃及大文豪纳吉布·马哈福兹（1911—2006）开放式的写作特点，让读者根据自己阅读的体验去想象。当我们谈到小说有十足的"爱情"韵味时，作者说道，有的人或许认为这部小说有为意大利旅游做推销的嫌疑。其实，将故事设定在意大利是为了让其更具有现代气息，展现出两位主人公通过漫游的方式获得爱情的"幸福感"。

仅仅以良好的语言水平把一部外文小说翻译成中文，只能是一次有计划的翻译训练，而最后的出版流程是让好的作品与读者见面至关重要的一环。2022年，沙特利雅得国际书展后，我们通过在开罗的朋友联系到小说作者伊扎特·卡姆哈维先生，通过邮件获得了书面许可，同意我们将他的这部小说翻译成中文并在中国出版。经作者与埃及黎巴嫩出版社（该小说的出版商）商定，出版社也同意免费授予该小说的中文版权给我们，旋即我们也与五洲传播出版社签订了图书版权和出版合同。

很高兴这部小说的中文版能够很快与广大读者见面，在此对为这部小说付出努力的各方表示衷心感谢。

马和斌 于榆中校区
2023 年 12 月 15 日